हिन्द पॉकेट बुक्स

सामान्य रोगों की सरल चिकित्सा

डॉ. लक्ष्मीनारायण शर्मा एक जाने-माने चिकित्सक थे। उन्होंने स्वास्थ्य को लेकर कई दर्जन पुस्तकों की रचना की है। आप एक अच्छे समाजसेवी भी थे। लोगों की भलाई करना और चिकित्सा सेवा द्वारा उनके कष्टों को हरना आपका नित का नियम था। आपको अनेक पुरस्कार मिले हैं।

सामान्य रोगों की सरल चिकित्सा

दुर्घटना होने पर-डूबने, जल जाने, ज़हरीले जानवर के काटने, घाव और चोट लगने पर डॉक्टर के पहुंचने से पहले क्या करें, इसकी पूरी जानकारी के साथ-साथ सभी सामान्य रोगों का इलाज बताने वाली पुस्तक

डॉ. लक्ष्मीनारायण शर्मा

हिन्द पॉकेट बुक्स
एक पेंगुइन रैंडम हाउस कंपनी

हिन्द पॉकेट बुक्स

यूएसए। कनाडा। यूके। आयरलैंड। ऑस्ट्रेलिया
न्यू ज़ीलैंड। भारत। दक्षिण अफ्रीका। चीन

हिन्द पॉकेट बुक्स, पेंगुइन रैंडम हाउस ग्रुप ऑफ़ कम्पनीज़ का हिस्सा है,
जिसका पता www.hindpocketbooks.com पर मिलेगा

हिन्द पॉकेट बुक्स
पेंगुइन रैंडम हाउस इंडिया प्रा. लि.,
सातवीं मंजिल, इनफिनिटी टावर सी, डी एल एफ साइबर सिटी,
गुड़गांव 122002, हरियाणा, भारत

हिन्द
पॉकेट
बुक्स

प्रथम हिन्दी संस्करण हिन्द पॉकेट बुक्स द्वारा 1982 में प्रकाशित
यह हिन्दी संस्करण 2019 में प्रकाशित

10 9 8 7 6 5 4 3 2 1

इस पुस्तक में व्यक्त विचार लेखक के अपने हैं, जिनका यथासंभव तथ्यात्मक सत्यापन किया गया है, और इस संबंध में प्रकाशक एवं सहयोगी प्रकाशक किसी भी रूप में उत्तरदायी नहीं हैं।

ISBN 9789353494445

मुद्रक : रेप्लिका प्रेस प्रा. लि., इंडिया

www.hindpocketbooks.com

क्रम

•

उपयोगिता

जब-तब हरेक व्यक्ति के शरीर में कोई न कोई रोग पैदा हो सकता है। कई बार बाहरी कारणों से भी रोग पैदा हो जाते हैं, जैसे दुर्घटनाओं में चोट लगना, हड्डी टूटना, घाव हो जाना, जल जाना, पानी में डूबना, सांप-बिच्छू द्वारा काटे जाना आदि।

रोगों का इलाज करना चिकित्सक (डाक्टर, हकीम, वैद्य)का काम होता है। लेकिन बहुत बार ऐसे मौके आ जाते हैं कि चिकित्सक नहीं मिल पाता, तब परिवार वालों को ही रोगी की सेवासुश्रूषा करनी पड़ती है। ऐसे मौके प्रायः प्रत्येक परिवार में आते रहते हैं।

कोई भी आम आदमी चिकित्सक तो नहीं हो सकता लेकिन उसे रोगों के बारे में ऐसी सामान्य जानकारी जरूर होनी चाहिए कि जिससे रोगी को तात्कालिक सहायता पहुंच सके। इस तरह का सामान्य ज्ञान न होने पर व्यक्ति गलत कदम उठा बैठता है जिससे रोगी को नुकसान पहुंच जाता है।

प्रस्तुत पुस्तक का उद्देश्य आम रोगों के सम्बन्ध में सामान्य जानकारी देने का है।

इलाज-माजरे के सन्दर्भ में बहुत-सी बातें ध्यान में रखने योग्य होती हैं। इस सम्बन्ध में नीचे लिखे सुझावों को ध्यान में रखिए :

(1) इलाज हमेशा योग्य चिकित्सक से कराइए

योग्य चिकित्सक का अर्थ है जिस व्यक्ति ने डाक्टरी, वैद्यक या हकीमी की विधिवत् शिक्षा पाई हो। आज हमारे देश में चिकित्सकों की कमी होने के कारण बहुत-से अनाड़ी चिकित्सक पैदा हो गए हैं और जगह-जगह वैद्यक

और डाक्टरी की दुकान खोलकर बैठ गए हैं। इनमें से कोई किसी डाक्टर का कम्पाउडर रहा होता है, या कोई दो-चार हिन्दी, उर्दू की किताबें पढ़कर डाक्टर-हकीम बन गया होता है। ये लोग मर्ज की बारीकियों को नहीं समझते। अण्ट-शण्ट दवाइयां देते हैं। अगर किसी रोगी की हालत नाजुक हो तो ये लोग कोई सहायता नहीं कर पाते। इन्जैक्शन खूब लगाते हैं और इन्जैक्शनों की ऊंची कीमत वसूल करते हैं।

(2) सुनी-सुनाई औषधियों का प्रयोग मत कीजिए

इलाज और औषधियों के सम्बन्ध में हमारे समाज में यह बड़ी ही अवैज्ञानिक प्रथा है कि लोग किसी भी मर्ज़ के लिए अपने नुस्खे बताने लगते हैं। जबकि उन्हें इन नुस्खों के असर के सम्बन्ध में कोई भी ज्ञान नहीं होता। अगर आप किसी मर्ज की चर्चा दस व्यक्तियों से करते हैं तो आय को दस नुस्खे मिल जाएंगे। और ये नुस्खे बताने वाले लोग बड़े दावे के साथ यह बात कहेंगे कि उनका नुस्खा उस मर्ज़ के लिए रामबाण है। और इस नुस्खेबाज़ी के चक्कर में न जाने कितने लोग नुकसान उठा जाते हैं।

पाठकों को कभी दूसरे लोगों से सुनी-सुनाई औषधियों के फेर में नहीं पड़ना चाहिए; और न ही अपनी ओर से दूसरों को कोई औषधि बतानी चाहिए।

(3) विज्ञापित औषधियों से बचिए

रेडियो, सिनेमा, टेलीविज़न तथा समाचार-पत्रों और पत्रिकाओं के माध्यम से आज न मालूम कितनी दवा बनाने वाली कम्पनियां अपनी औषधियों की बिक्री बढ़ाने के लिए ऐसे सुझाव देती हैं कि कई बार स्वस्थ व्यक्ति अपने को रोगी समझ बैठता है और इन विज्ञापित औषधियों के खाने का आदी बन जाता है।

खांसी, दमा, सिरदर्द, बुखार, सर्दी, जुकाम, रग-पुट्ठों का दर्द, कमज़ोरी, थकावट आदि अनेक शिकायतों के लिए इन औषधियों का धुआंधार प्रचार हो रहा है। फलस्वरूप ये औषधियां घर में रखना एक फैशन और रिवाज बनता जा रहा है। शायद लोग नहीं समझ पा रहे हैं कि इन औषधियों का सेवन स्वास्थ्य के लिए कितना घातक होता है। दर्द की गोलियों का तो इतना रिवाज हो गया है कि लगभग 20 फीसदी लोग चाय से कोई न कोई दर्द की

गोली सटकते पाए जाते हैं। इन गोलियों में कोरी 'एस्पिरीन' होती है जो दिल को कमजोर करती चली जाती है।

रोगों की रोकथाम के सरल उपाय

संक्षेप में प्रत्येक रोग हमारी, आहार-विहार सम्बन्धी भूलों और अनियमितताओं से पैदा होता है। यदि कुछ मामूली स्वास्थ्य-नियमों का भी पालन किया जाए तो अनेक रोगों से रक्षा हो जाती है, और व्यक्ति स्वस्थ बना रह सकता है।

नियम :

1. **सुबह जल्दी उठिए**—प्रातःकाल सूर्योदय से पहले उठने के महत्त्व को प्रायः सभी लोग जानते हैं, लेकिन इस नियम को लोग बहुत कम अमल में लाते हैं।

2. **उषापान**—प्रातःकाल बिस्तर से उठते ही (शौच जाने से पहले) कम से कम आधा किलो ताज़ा ठण्डा पानी पी लेना चाहिए।

इस अभ्यास से पाचन-क्रिया दुरुस्त रहती है। पानी से आंतों में हरकत पैदा होती है जिससे शौच खुलासा होता है।

वस्तुतः हमारे स्वास्थ्य की अच्छाई-बुराई बहुत कुछ हमारी पाचन-क्रिया पर निर्भर होती है। पाचन ठीक रखकर हम अनेक रोगों से बच जाते हैं। स्वास्थ्य-सम्बन्धी सर्वेक्षणों से यह पता चला है कि प्रायः 80 फीसदी रोगों की शुरुआत पेट की खराबी के कारण होती है।

3. **व्यायाम**— स्वस्थ रहने के लिए व्यायाम एक दूसरा बेहतरीन उपाय है। वस्तुतः व्यायाम उन लोगों के लिए और भी ज़रूरी हो जाता है जिन्हें दिन में ज़्यादातर बैठने का काम करना पड़ता है। मोटापा, मधुमेह, ऊंचा रक्तचाप आदि अनेक ऐसे रोग हैं जो काफी शारीरिक परिश्रम न करने से हो जाते हैं।

व्यायाम से शरीर के स्नायु और पेशियां चुस्त और शक्तिशाली बनी रहती हैं। पाचन-क्रिया दुरुस्त रहती है, रक्त-संचार तेज़ और प्रवाहयुक्त बना रहता है।

व्यायाम अनेक तरह के होते हैं। व्यक्ति को अपनी पसन्द और सुविधा के अनुसार उनका चुनाव कर लेना चाहिए। योगासन व्यायाम दूसरे व्यायामों की

अपेक्षा अधिक वैज्ञानिक और लाभकारी है। इनकी जानकारी के लिए अच्छा साहित्य[1] पढ़ें।

वैसे कुछ सामान्य और हल्के व्यायामों की चर्चा यहां की जा सकती है, जैसे प्रातःकालीन भ्रमण (सुबह की सैर)। सुबह सैर करने के लिए शहर के बाहर जंगल, बाग या पार्कों में जाना उपयुक्त रहता है। इस अभ्यास से स्नायु पुष्ट होते हैं, दिमाग में तरावट आती है और नेत्रों की ज्योति बढ़ती है।

सैर करते समय कुछ तेज चाल से चलना चाहिए—लेकिन दौड़ना नहीं चाहिए। सैर का व्यायाम बड़ा सरल और उपयोगी है। इसे हर जगह अपनाया जा सकता है।

जल में तैरना भी एक सर्वांगीण व्यायाम है। तैराकी का शौक होना बड़ी अच्छी और स्वास्थ्यरक्षक 'हॉबी' है। तैरने के साथ एक उत्तम बात यह है कि इसमें शरीर के प्रत्येक भाग का व्यायाम हो जाता है। साथ ही जल में डूबने से शरीर को जो ठण्डक मिलती है उससे स्नायविक बल बढ़ता है और शरीर की अनावश्यक गर्मी शान्त होती है।

महिलाओं के लिए उपयोगी व्यायाम

व्यायाम महिलाओं के लिए भी जरूरी होता है मोटापा, मधुमेह जैसे रोग महिलाओं को भी होते हैं। लेकिन पुरुष-शरीर और स्त्री-शरीर की रचना में थोड़ा अन्तर होता है। मासिक धर्म, गर्भधारण और शिशुप्रसव स्त्री-शरीर की विशेषताएं हैं।

हमारे समाज में महिलाओं की स्थिति पुरुष समाज से काफी भिन्न है, अतः उनके लिए घरेलू व्यायाम का सुझाव सामयिक और उपयोगी होगा।

चक्की चलाना—महिलाओं के लिए सबसे अच्छा व्यायाम है। हालांकि आज चक्की की प्रथा शहरों और कस्बों में समाप्त हो गई है। वैसे भी आज की हवा के मुताबिक चक्की पीसना एक पिछड़ेपन का काम समझा जाता है। लेकिन इसके गुणों से इन्कार नहीं किया जा सकता। मेरे सुझाव पर अनेक महिलाओं ने चक्की पीसकर अपनी स्वास्थ्य-रक्षा की है, कई रोगों से मुक्ति पाई है।

---

1 आसनों की जानकारी के लिए पढ़िए लेखक द्वारा लिखित 'योगासन और स्वास्थ्य', प्रकाशक-हिन्द पॉकेट बुक्स प्राइवेट लिमिटिड।

चक्की चलाने में भी सर्वांग व्यायाम होता है।

जो महिलाएं इस अभ्यास को करना चाहें,वे प्रारम्भ में थोड़े समय चक्की चलाएं, फिर धीरे-धीरे अधिक समय तक ज़्यादा अनाज पीसें।

इन व्यायामों के अलावा, घुड़सवारी तथा दूसरे खेल जैसे हॉकी, फुटबाल, वालीबाल, क्रिकेट, कबड्डी, टैनिस आदि भी व्यायाम के ही समकक्ष हैं। जो लोग नियमित रूप से ये खेल खेलते हों उन्हें फिर व्यायाम की कोई जरूरत नहीं रह जाती।

बहुत वृद्ध, कमज़ोर, और ज़्यादा दिन की गर्भवती स्त्रियों को मी व्यायाम नहीं करना चाहिए।

स्नान—प्रायः प्रतिदिन स्नान करने के कारण हम नहाने का विशेष महत्त्व नहीं आंकते हैं। कदाचित् इसीलिए सर्दी के दिनों में बहुत-से लोग कई-कई दिनों तक बिना नहाए ही रह जाते हैं।

लेकिन वास्तव में स्नान प्रतिदिन करना चाहिए। जो लीग सर्दी के डर से स्नान नहीं करते हैं उन्हें गर्म पानी से नहाना चाहिए। स्नान से त्वचा के रोमकूप खुलते हैं और पसीना खुलकर आता है। रक्त-संचार तेज होता है। ये दोनों क्रियाएं स्वास्थ्य-रक्षा करती हैं। बीमार पड़ने का खतरा बहुत कम हो जाता है।

भोजन—स्वास्थ्य-रक्षा में भोजन का भारी महत्त्व है। भोजन के सन्दर्भ में निम्नलिखित बातें ध्यान में रखने योग्य हैं :

- एक बार भोजन करने के बाद दुबारा कम से कम पांच घण्टे बाद खाना चाहिए; इससे कम समय में भोजन नहीं पचता।
- नियत समय पर भोजन करने से उसका पाचन अच्छा होता है। क्योंकि पाचक रस नियत समय पर निकलने के अभ्यस्त होते हैं।
- भोजन खूब चबाकर खाना चाहिए। कम चबाने से उसका पाचन देर से होता है और भोजन के पूरे पोषक-तत्त्व शरीर को नहीं मिल पाते।
- भोजन हल्का और ताज़ा खाना चाहिए; रूखा-सूखा और बासी भोजन अनेक प्रकार के पाचन विकार पैदा कर देता है।
- ज़्यादा तले गए, भूने गए और पकाए हुए मिर्च-मसाले के भोजन पोषणहीन हो जाते हैं। देर से हज्म होते हैं, जिगर को हानि पहुंचाते हैं।
- कच्ची सब्ज़ियां जैसे टमाटर, गाजर, मूली एवं मौसम के फल जैसे

खरबूजा, केला, सन्तरा, ककड़ी, चीकू, अमरूद, नाख, सेब, आम, अंगूर, खीरा आदि अवश्य खाने चाहिए। इनसे प्राकृतिक खनिज लवण, और विटामिन्स मिलते हैं जो शरीर को स्वास्थ्य प्रदान करने के लिए अत्यन्त आवश्यक हैं। इनके अभाव में बहुत-से रोग शरीर को घेर लेते हैं।

● हल्के मन और प्रसन्नचित्त से भोजन करना चाहिए। प्रसन्नचित्त रहने से पेट से काफी पाचक रस निकलते हैं और भोजन का परिपाक अच्छा होता है। चिन्ता, क्रोध आदि से आक्रान्त रहने पर पाचक रस बहुत कम हो जाते हैं जिससे पाचन दोष पैदा होते हैं।

● अच्छा और पौष्टिक भोजन भी भूख से अधिक नहीं खाना चाहिए; भूख से अधिक भोजन हज़म नहीं होता, पेट में पड़ा-पड़ा सड़ने लगता है और रोग पैदा कर देता है।

● भोजन के साथ पानी ज़्यादा नहीं पीना चाहिए। यदि पानी बिल्कुल ही न पिया जाए तो अच्छा है। पानी से पाचक रस पतले पड़ जाते हैं। भोजन के दो-तीन घण्टे बाद पानी पीने से पाचन में सहायता मिलती है।

● चाय का अधिक सेवन पाचन को बिगाड़ता है। खून में अनावश्यक गर्मी पैदा कर देता है और गुर्दों को क्षति पहुंचाता है। चाय पीने से जल्दी-जल्दी खांसी, जुकाम होने लगता है। गला खराब हो जाता है।

● दूध, दही, घी, छाछ, मक्खन स्वास्थ्यवर्धक और पौष्टिक भोजन हैं, लेकिन इन्हें भी आवश्यकता से अधिक मत खाइए।

सफाई:

स्वच्छता रोगों से रक्षा करने में भारी हिस्सा लेती है।

व्यक्तिगत स्वच्छता—निजी स्वच्छता के सम्बन्ध में स्नान का विवेचन ऊपर किया जा चुका है। रोगों को दूर रखने की दृष्टि से यह जरूरी हो जाता है कि हम स्वच्छ रहने की आदतें डाल लें।

स्नान करते समय यह बात ध्यान में रखनी चाहिए कि जिन हिस्सों पर अधिक पसीना आता है और जहां-जहां अधिक बाल होते हैं उनकी सफाई विशेष रूप से करें। जैसे बगलें, जांघे, कानों के पीछे का हिस्सा, और सिर के बाल। सिर के बालों की सफाई अच्छी तरह न करने से सिर में खुश्की पैदा हो जाती है तथा वहां मैल जमा

होने से कई बार जुएं पड़ जाती हैं। स्त्रियों को अपने बालों की सफाई का विशेष रूप से ध्यान रखना चाहिए, क्योंकि उनके बाल पुरुषों की अपेक्षा ज़्यादा घने और लम्बे होते हैं। जब महिलाएं ज़्यादा दिनों तक सिर नहीं धोतीं तो [illegible] उनके सिरों में मैल के कारण जुएं पड़ जाती हैं।

कुछ प्रान्तों में स्नान के पहले बदन पर तेल मालिश करने का रिवाज है। यह रिवाज बहुत अच्छा है। तेल मालिश करने से शरीर के स्नायु और पुटठे (पेशियां) मजबूत बनते हैं और रक्तसंचार तेज़ होता है। सर्दियों में धूप में तेल मालिश करने से सूर्य-किरणों के प्रभाव से शरीर में विटामिन 'डी' पैदा हो जाता है जो दांतों और हड्डियों के लिए बहुत जरूरी होता है।

पुरुषों को नियमित रूप से दाढ़ी बनाने एवं सिर के बाल कटवाने के अतिरिक्त बगलों और गुप्तांगों के बाल भी साफ करते रहना चाहिए ताकि वहां मैल जमा न हो पाए। महिलाओं के लिए भी गुप्तांगों और बगलों के बालों की सफाई रखना पुरुषों के समान जरूरी होता है।

नाखून हमेशा छोटे और कटे हुए रखने चाहिए अन्यथा उनमें मैल जमा हो जाता है। और चूंकि हम हाथों से भोजन करते हैं अतः नाखूनों की मैल और गन्दगी आसानी से पेट में पहुंचने की सम्भावना रहती है, जिससे अनेक रोग उत्पन्न हो सकते हैं।

नाखून बढ़ाकर उनपर पालिश लगाना आजकल फैशन और सौन्दर्यवृद्धि का साधन माना जाने लगा है। परन्तु स्वच्छता की दृष्टि से यह एक हानिकारक अभ्यास है।

दांतों की सफाई—रोगों से रक्षा पाने के लिए दांतों की प्रतिदिन सफाई करना बेहद जरूरी होता है। अंगुली पर मंजन लगाकर दांतों पर रगड़ लेने मात्र से सफाई का काम पूरा नहीं हो जाता। इस तरीके से न तो दांतों पर जमी मैल की पर्त ही साफ हो पाती है और न दांतों की दरारों में अटका हुआ भोजनांश ही साफ हो पाता है। इन दोनों कार्यों के लिए ब्रुश की आवश्यकता होती है। लेकिन प्रत्येक बार दांत साफ करने के बाद ब्रुश की भी पूरी तरह सफाई की ज़रूरत होती है अन्यथा ब्रुश में लगी पिछले दिन को गन्दगी और ज़्यादा सड़कर मुंह में पहुंचती है। वस्तुतः इस दृष्टि से प्रतिदिन ताजी दातौन करना बहुत वैज्ञानिक और स्वच्छतापूर्ण अभ्यास है।

दांतों की सफाई जब अच्छी तरह नहीं हो पाती तो मैल की पर्त जमने से दांत पीले पड़ने लगते हैं। दांतों की दरारों में अटका हुआ भोजनांश सड़कर मुंह से बदबू आने लगती है। अतएव ब्रुश हो या दातौन का ब्रुश बनाया गया हो—उससे दांत सामने की ओर से तो साफ करने ही चाहिए साथ ही मुंह के अन्दर पीछे की ओर से भी सफाई करनी चाहिए और दाढ़ों की सतह भी रगड़कर साफ करनी चाहिए।

दरारों के मध्य का भोजनांश नीम की सींक अथवा तांबे या चांदी की बनी सींक से साफ करना चाहिए। दरअसल दांत प्रातःकाल तो प्रतिदिन साफ करने ही चाहिए; इसके अलावा भी दोनों समय के भोजन के बाद सफाई ज़रूरी होती है। दांतों के बीच से भोजनांश निकालकर पानी के कुल्ले से अच्छी तरह सफाई अपेक्षणीय होती है।

आंखों की सुरक्षा—हमारी सभी इन्द्रियों में आंखें सबसे नाज़ुक अंग हैं। जब तक हम जागते रहते हैं हमारी आंखें बराबर काम करती रहती हैं। अस्वास्थ्यकर वातावरण में तथा आंखों के थक जाने पर उनमें खराबी आने की आशंका बनी रहती है। मन्दी रोशनी में आंखों से ज़्यादा काम लेना, तथा बहुत बारीक अक्षर पढ़ना, दृष्टिदोष हो जाने के आम कारण हैं। गन्दे हाथ लगने से, आंखों को गन्दे रूमाल, तौलिया आदि से पोंछने से, और मक्खीमच्छरों द्वारा गन्दगी पहुंचने से आंखें दुखने आ जाती हैं। दुखने की दशा में आंखों को पूरा आराम देना चाहिए, और उनका मुनासिब इलाज करना चाहिए। आंखों की सुरक्षा के लिए दिन में धूप का चश्मा इस्तेमाल करना एक अच्छा अभ्यास है।

पढ़ने-लिखने के समय रोशनी पीछे और बायें कन्धे की ओर से आनी चाहिए। कभी भी रोशनी को सामने रखकर न पढ़ें। यदि सामने रखना ज़रूरी हो तो लालटेन, बल्ब या लैम्प पर कोई ऐसी चीज़ लगा देनी चाहिए कि रोशनी सीधी आंखों पर न पड़े।

कानों की सुरक्षा—कानों की सफाई की ओर से लापरवाही रखने पर कई बार कान में दर्द हो जाता है और लोग वहरे तक हो जाते हैं। स्नान करने के बाद कानों को सूखे तौलिये से भीतर-बाहर से अच्छी तरह साफ कर लेना चाहिए। अगर संयोग से कान में पानी भीतर पहुंच गया हो तो कुछ देर उसी

करवट से लेट जाना चाहिए ताकि पानी बाहर बह जाए। तिनका, पेन्सिल, हेयर पिन, निब जैसी नोकीली चीजों से कान कभी नहीं करेदना चाहिए; ये चीजें कान की गहराई में पहुंचकर पर्दे को नुकसान पहुंचा सकती हैं। कई बार पर्दा फट भी जाता है।

कपड़ों की सफाई—यदि हम अपने पहनने और बिस्तर के कपड़ों की स्वच्छता की तरफ ध्यान न दें तो केवल स्नान द्वारा त्वचा की स्वच्छता का कोई अर्थ नहीं रह जाता। शरीर के समान ही कपड़ों की स्वच्छता भी अपेक्षणीय है। कपड़ों के सम्बन्ध में निम्नलिखित सावधानियां बरतिए :

● सर्दी के मौसम में सर्दी से बचने के लिए ऊनी कपड़े पहने जाते हैं। लेकिन कोई भी ऊनी वस्त्र सीधा ही शरीर पर नहीं धारण करना चाहिए, उसके नीचे एक सूती वस्त्र—जैसे बनियान (गंजी) या अण्डरवियर ज़रूर पहनना चाहिए। सर्दियों के कपड़े बदन पर फिट अवश्य हों मगर किसी हालत में भी सख्त न हों। सर्दी के मौसम में भी कभी-कभी पसीना आ जाता है। अत: नीचे के वस्त्र ऐसे होने चाहिए जो पसीना सोख लें।

● गर्मी के मौसम के पहनने के कपड़े ढोले, हल्के और छीदे बुने होने चाहिए ताकि हवा लगकर पसीना खुश्क होता रहे।

● वास्तव में किसी भी मौसम के कपड़े तंग नहीं होने चाहिए। आजकल नवयुवकों में तंग कपड़े पहनने का चलन स्वास्थ्य और स्वच्छता की दृष्टि से हानिकारक है।

● दिन में पहनने के कपड़े और रात को पहनकर सोने के वस्त्र (खास तौर पर गर्मियों में) अलग होने चाहिए। क्योंकि सुबह से शाम तक पहने जाने वाले वस्त्रों में काफी पसीना जज्ब हो जाता है। इसलिए उन वस्त्रों को बदलकर सोना चाहिए। गर्मियों में प्रायः लोग सुबह-शाम दोनों समय स्नान करते हैं; अतः दिन में पहने हुए नीचे के कच्छा और बनियान शाम को नहाते समय साबुन से धो डालने चाहिए। और सुबह नहाने के वक्त रात के पहने हुए वस्त्र धोकर दूसरे पहन लें। रात को सोने के समय पहने जाने वाले कपड़े भी ढीले-ढाले होने चाहिए।

● बिस्तर के वस्त्र (चादर और तकिये के खोल) भी मैले होने से पहले ही बदल देने चाहिए। सर्दी के मौसम में कम्बल और रज़ाइयों का धोना बहुत

कठिन होता है। सुविधाजनक यह रहता है कि उनके ऊपर बारीक कपड़ों के खोल चढ़ा दिए जाएं; और जरूरत के मुताबिक इन खोलों को उतारकर धो दिया जाए।

नींद और विश्राम—दिनभर के कामधन्धे के बाद रात को गहरी नींद सोना और पूरा विश्राम करना स्वास्थ्य-रक्षा के लिए बहुत जरूरी है। किसी भी मशीन की तरह हमारे शरीर में भी घिसाई-पिटाई और टूट-फूट होती है। जिसकी पूर्ति भोजन और विश्राम से होती है। वस्तुतः विश्राम करके हम अपनी खर्च की हुई शक्ति की पूर्ति करते हैं। व्यक्ति को प्रतिदिन कितनी देर सोना चाहिए इसका कोई एक खास नियम नहीं बनाया जा सकता। नींद और विश्राम व्यक्ति के काम-धाम पर ज़्यादा निर्भर करते हैं। अधिक शारीरिक परिश्रम करने वालों को अधिक विश्राम दरकार होता है। स्वाभाविक रूप से रात का समय सोने के लिए होता है। मगर गर्मी के दिनों में चूंकि रातें छोटी और दिन बड़े होते हैं अतः दोपहर को हल्की-सी नींद ले लेना अच्छा रहता है।

मकान की स्वच्छता का निर्वाह

मकान चाहे जैसा अच्छा और बढ़िया बना हुआ हो जब तक उसे स्वच्छ रखने के निरन्तर प्रयत्न नहीं किए जाते हैं तब तक वह स्वास्थ्योपयोगी नहीं होता। इस दृष्टि से मकान की दीवारें स्वच्छ रखनी चाहिए ; कोनों में मक्खी-मच्छर अपना अड्डा न बना लें, मकड़ियां जाले न तान लें, छिपकलियां न घुमती फिरें, रोशनदानों में चिड़ियां अपना घोंसला न बनाएं। इस बात का विशेष ध्यान रखना चाहिए और दीवारों की झाड-पोंछ नियमित रूप से करनी चाहिए।

वर्ष में एक बार दीवारों का चने से पोता जाना अथवा उनपर डिस्टेम्पर करना (जैसा दीवाली पर होता है) बहुत ज़रूरी होता है। चूना एक कीटाणुनाशक पदार्थ है। इससे कीटाणुओं के अड्डे नष्ट हो जाते हैं।

दरअसल मकान में सभी कमरों के फर्श पक्के होने चाहिए, किन्तु गांवों में अभी भी प्रायः कच्चे (मिट्टी के) फर्श रखे जाते हैं। कच्चे कमरों को गोबर से लीपना स्वच्छता की दृष्टि से अच्छा नहीं होता। गोबर की गन्ध से फर्श पर बहुत-से मक्खी-मच्छर आने लगते हैं जिनसे स्वच्छता खतरे में पड़ जाती है। कच्चे फर्शों को

लीपने के बजाय, झाड़ू से फर्श को रोज़ साफ करना चाहिए और वर्ष में दो बार नई मिट्टी बिछाकर उसे अच्छी तरह कूटकर जमा देना चाहिए।

कमरों में रहने वाला फर्नीचर तथा दूसरा कोई भी सामान ऐसा होना चाहिए जो आसानी से हटाया जा सके और वहां सफाई की जा सके या वह इस ढंग से बनाया और रखा जाए कि फर्श और सामान के बीच खाली जगह रहे ताकि झाड़ू से वहां का कूड़ा निकाला जा सके।

घर की नालियां और कूड़े का प्रबन्ध

किसी भी घर की नालियां बाहर सड़क की नालियों में ही मिलती हैं। बाहर की नालियों की सफाई की देखभाल नगरपालिका करती है, किन्तु प्रायः सफाई करने वाले अपने काम में लापरवाही बरतते हैं। ऐसी स्थिति में सफाई-महकमे में लोगों से' मिलकर उन्हें सहयोग देना चाहिए। कई बार मुहल्ले वाले भी सफाई की उपेक्षा करके गन्दे काम करते हैं—जैसे अपने बच्चों को सड़क की नालियों पर टट्टी कराने बिठा देते हैं। कहना न होगा कि यह काफी गन्दी और अस्वास्थ्यकर आदत है। समझा-बुझाकर इस आदत को छुड़ाना जरूरी होता है।

घर का कूड़ा जैसे सब्जियों की छीलन, फलों के छिलके एवं रसोईघर का दूसरा कूड़ा, धूल, गर्द, झाड़न बुहारन सभी किसी ढकने वाले ड्रम में इकट्ठा करना चाहिए; और फिर म्यूनिसिपैलिटी द्वारा बनाए गए कूड़ाघर पर फिंकवा देना चाहिए। हर वक्त कूड़ाघर पर कूड़ा फेंकना सम्भव नहीं हो पाता इसलिए शेष समय में कूड़ा घर के ढके ड्रम में इकट्ठा करना चाहिए।

हमारा शरीर

शरीर एक तीन मंजिल की इमारत

हमारा शरीर एक तीन मंजिल की इमारत के समान है, (चित्र 1)। दोनों टांगें उन खम्भों की तरह हैं जिनपर तीनों मंजिलें टिकी हैं। सबसे ऊपर

की मंज़िल सिर है। बीच की मंज़िल छाती है और सबसे नीचे की मंज़िल उदर है।

तीनों मंजिलों का संक्षिप्त परिचय

हमारे शरीर में सिर सबसे ऊपर है। सिर की सख्त हड्डियां खोपड़ी कहलाती हैं। यह खोपड़ी ठीक एक सन्दूक की तरह है। जिस तरह हम अपनी कीमती चीजें हिफाजत की दृष्टि से सन्दूक में रखते हैं उसी तरह इस खोपड़ीनुमा संदूक में शरीर की सबसे कीमती चीज़ दिमाग रखी हुई है। कीमती होने के साथ ही दिमाग (मस्तिष्क) बहुत कोमल अंग है। खोपड़ी की हड्डियां दिमाग की पूरे तौर पर सुरक्षा करती हैं। ये हड्डियां शरीर की दूसरी हड्डियों से कहीं ज़्यादा मजबूत होती हैं।

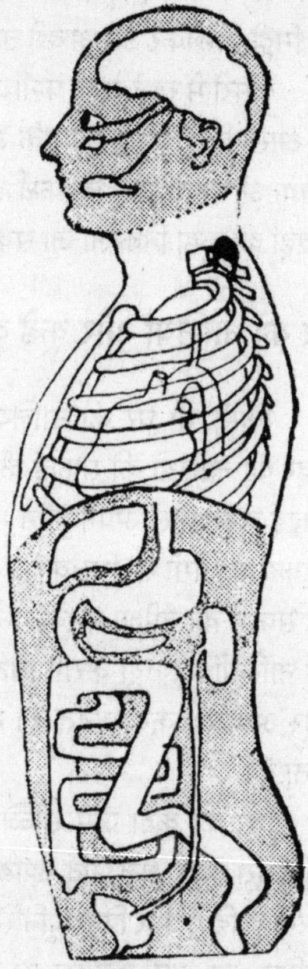
चित्र—1

दिमाग का काम हमारे शरीर में बड़ा महत्त्वपूर्ण है। सोच-विचार करना, दुःख-सुख महसूस करना, रोना, हंसना, अनुभव करना, शरीर के विभिन्न अंगों से काम लेना, यह सब दिमाग के ही काम हैं। समझ (बुद्धि)नाम की चीज़ भी दिमाग में ही रहती है,जागना और सोना भी दिमाग का ही खेल है, आंखों के जरिये देखी हुई चीज़ को आप दिमाग सेहीसमझते हैं। नाक द्वारा ग्रहण की गई खुशबू या बदबू को भी दिमाग ही पहचानता है, कानों द्वारा सुने गए शब्दों का अर्थ भी दिमाग ही समझता है, और जीभ के जरिए जायके का अनुभव भी दिमाग ही करता है। ठण्डे और गर्म स्पर्श का अनुभव तथा दर्द और आराम का

अनुभव भी दिमाग से ही होता है। इसीलिए दिमाग पर चोट पहुंचने से आदमी बेहोश हो जाता है।

अगर आपने किसी अस्पताल में दिमाग देखा है या दिमाग की कोई तस्वीर देखी है, तो आप आसानी से समझ जाएंगे कि उसकी बनावट बहुत कुछ अखरोट की गिरी से मिलती है। दिमाग एक मुलायम गूदे जैसी चीज़ का बना हुआ होता है। इतना ही नहीं दिमाग की तुलना पूरे तौर पर अखरोट से की जा सकती है, क्योंकि खोपड़ी की हड्डी की तरह अखरोट का छिलका भी उतना ही सख्त और मजबूत होता है, जिसके अन्दर गिरी सुरक्षित रूप से रखी रहती है।

सिर के बाद बीच की मंजिल—छाती के पिंजर का नम्बर आता है। वस्तुतः छाती बिलकुल एक पिंजरेनुमा चीज है ; छाती की पसलियां ठीक पिंजरे की तीलियों के समान हैं ; इसके अन्दर भी दो महत्त्वपूर्ण अंग रखे हुए हैं। पहला दिल और दूसरे दो फेफड़े। दिल का काम है शरीर के प्रत्येक कोष्ठ में साफ रक्त पहुंचाना, और गन्दा खून इकट्ठा करके उसे फेफड़ों द्वारा साफ कराना। हमारा दिल झटकों के साथ शुद्ध रक्त को शरीर में पहुंचाने के लिए उसे मोटी-मोटी नालियों में धकेलता है। ये नालियां धमनियां कहलाती हैं। आगे चलकर इनकी बहुत बारीक-बारीक शाखाओं का जाल सारे शरीर में फैला हुआ है। अन्त में ये शाखाएं बाल के समान बारीक हो जाती हैं। खुन की ऑक्सीजन (शुद्ध वायु) जब खत्म हो जाती है, और उसमें कार्बन-डाइऑक्साइड समा जाती है तो वह दूसरी बारीक शाखाओं द्वारा वापस लौटता है जिन्हें शिराएं कहते हैं। क्रमशः ये शिराएं मोटी होती जाती हैं, और गन्दे रक्त को वापस हृदय में पहुंचा देती हैं, ताकि वह खून को फेफड़ों में भेजकर शुद्ध करा ले। खून के आने-जाने की क्रिया से ही दिल में धड़कन उत्पन्न होती है।

छाती के पिंजरे में दोनों फेफड़े दिल के नीचे होते हैं, एक दाहिनी ओर और दूसरा बाईं ओर। श्वास-प्रश्वास इन फेफड़ों से ही होता है। बाहर निकलने वाले श्वास से हम गन्दी हवा (कार्बन डाइऑक्साइड) बाहर फेंकते हैं, और भीतर जाने वाले श्वास से शुद्ध वायु (ऑक्सीजन) फेफड़ों के भीतर पहुंचती है, और खून के साथ मिल जाती है जिससे प्रतिक्षण हमारा खून ताजा और शुद्ध होता रहता है।

शुद्ध वायु के अभाव में आदमी तुरन्त मर जाता है। रक्तशुद्धि की यह क्रिया हर समय हमारे शरीर में चलती रहती है। जैसाकि ऊपर स्पष्ट किया जा चुका है हृदय भी इस क्रिया का एक प्रमुख माध्यम है। हमारे कुल खून का चौथाई भाग हर समय फेफड़ों में इस शुद्धि के सिलसिले में मौजूद रहता है। हवा की दरगुज़र के लिए फेफड़ों में स्पंज के समान असंख्य छोटे-छोटे छेद होते हैं। श्वास-प्रश्वास से फेफड़े सिकुड़ते और फैलते हैं।

सबसे नीचे की मंजिल है उदर। उदर का अर्थ है पसलियों से नीचे मसाने तक का भाग। बीच की मंजिल और उदर के बीच में मांस का एक मोटा पर्दा रहता हैं जिसे 'महाप्राचीरा' (अंग्रेजी में डायफ्राम) कहते हैं। यह महाप्राचीरा दोनों मंजिलों को अलग करती है।

उदर को बोलचाल की भाषा में 'पेट' कह देते हैं लेकिन वास्तव में पेट उदर का एक छोटा-सा भाग होता है। उदर के भीतर गुर्दे, आंतें, तिल्ली, जिगर और मसाना जैसे महत्त्वपूर्ण अंग होते हैं। अगर व्यक्ति चित लेटे तो उदर में सबसे नीचे दाहिनी और बाईं ओर एक-एक गुर्दा होता है।

गुर्दे की शकल सेम के बीज की तरह होती है। ये खून से पेशाब छानते हैं और अपनी-अपनी नली के ज़रिए पेशाब को मसाने में भेज देते हैं। मसाना उदर में बिलकुल नीचे की तरफ बीच में (जड़ में) लगा रहता है। मसाने से मूत्रेन्द्रिय द्वारा पेशाब बाहर निकलता है।

गुर्दों के ऊपर बाईस फुट लम्बी आंतें इस तरह रखी हुई हैं, जैसे सांप गेंडुली मारकर बैठा रहता है। इन आंतों का काम है भोजन को पचाना और उससे पोषक तत्त्व खींचकर खून में मिला देना, तथा बचे हुए बेकार भाग को मल के रूप में शरीर से बाहर निकाल देना।

आंतों के नीचे बाईं तरफ तिल्ली होती है जिसका आकार एक गेंद के समान होता है। स्वस्थ दशा में दबाने से यह महसूस नहीं होती। किसी रोग के कारण बढ़ने पर पेट दबाकर महसूस होने लगती है। तिल्ली का काम खून का एक भाग बनाना होता है। दाहिनी और ऊपर की खूट में जिगर होता है। इसे भी बढ़ने पर ही दबाकर महसूस किया जा सकता है। जिगर का काम खून के लाल कण बनाना है। साथ ही यह भोजन पचाने में भी बड़ा भाग अदा करता है।

रोग और रोगी के सम्बन्ध में जानने योग्य तथ्य

रोग और रोगी के सम्बन्ध में अनेक ऐसे तथ्य हैं, जिनका जानना बहुत जरूरी होता है। यह जानकारी रोग को पहचानने में, रोगी की गम्भीर स्थिति का अनुमान लगाने में और साथ ही व्यक्ति को स्वस्थ रखने में काफी सहायक होती है।

नाड़ी या नब्ज

कलाई पर अंगूठे की ओर अनुभव किया जाने वाला स्पन्दन नब्ज़ या नाड़ी कहलाता है। यह स्पन्दन हृदय द्वारा पैदा किया हुआ होता है। इस स्पन्दन की प्रतीति शुद्ध रक्त ले जाने वाली धमनियों के द्वारा होती है। वस्तुतः धमनियां शरीर में गहराई पर रहती हैं किन्तु कुछ स्थानों पर ये ऊपर आ गई हैं जैसे कलाई, गर्दन, कनपटी, जांघ और टखना। इन सभी स्थानों में कलाई का स्पन्दन अपेक्षाकृत स्पष्ट और अनुभव करने में सुविधाजनक होता है। इसलिए नाड़ी परीक्षा के लिए यही स्थान चुना गया है। रक्त धकेलने की क्रिया में दिल फैलता और सिकूड़ता है, उसीके फलस्वरूप यह स्पन्दन पैदा होता है। यह स्पन्दन नाड़ी की गति कहलाता है। नाड़ी की इस गति से रोगों और स्वास्थ्य का संकेत मिलता है, साथ ही यह भी पता चलता है कि दिल कैसा काम कर रहा है।

नाड़ी परीक्षा करते समय सबसे पहले उसकी गति देखी जाती है अर्थात् वह एक मिनट में कितनी बार स्पन्दन करती है। इस कार्य के लिए तीन अंगुलियां रखनी चाहिए। हालांकि यह कार्य एक अंगुली से भी किया जा सकता है, परन्तु तीनों अंगुलियों से गति के अलावा कुछ दूसरी बातों का भी पता चल जाता है। स्वस्थ व्यक्तियों में नाड़ी की गति आयु के अनुसार भिन्न-भिन्न होती है, स्त्री और पुरुषों की नाड़ी की गति भी भिन्न होती है। मोटे तौर पर यह लेखा-जोखा इस सारिणी के अनुसार होता है—

आयु	गति प्रति मिनट
जन्म से एक वर्ष की आयु पूरी होने तक	—120
दूसरे वर्ष से तीसरे वर्ष के अन्त तक	—120 से 100 तक

चौथे वर्ष से छठे वर्ष के अन्त तक	—100 से	90 तक
सातवें वर्ष से चौदहवें वर्ष के अन्त तक	— 90 से	75 तक
चौदहवें वर्ष से इक्कीसवें वर्ष के अन्त तक	— 85 से	75 तक
इक्कीसवें वर्ष से पैसठ वर्ष के अन्त तक	— 75 से	65 तक
वृद्धावस्था में	— 85 से	70 तक

गति गणना के अतिरिक्त नाड़ी परीक्षा में और भी कई बातों की तरफ ध्यान देना होता है, जैसे नब्ज़ का भराव, उसकी चाल एवं उसका पतला-मोटापन आदि। चिकित्सक की अनुभवी और शिक्षित अंगुलियां नब्ज़ की सारी हालत पहचान लेती हैं। ज्वर की दशा में नब्ज की गति तेज़ हो जाती है। और व्यक्ति जब मर जाता है तो नब्ज़ रुक जाती है।

श्वास-प्रश्वास

स्वस्थ और रुग्ण हालत का संकेत व्यक्ति के श्वास-प्रश्वास से भी मिलता है। व्यक्ति जब श्वास भीतर लेता है तो छाती फूलती है और बाहर फेंकता है तो नीचे दबती है। यह क्रिया दोनों ओर की पसलियों में दिखाई देती है। नाड़ी की तरह परिश्रम करने अथवा मानसिक उत्तेजना से श्वास-प्रश्वास की गति भी बढ़ जाती है। एक पूरी आयु के स्वस्थ व्यक्ति में श्वास-प्रश्वास और नाड़ी का अनुपात 1 : 4 का रहता है। अर्थात् एक बार के श्वास-प्रश्वास में नाड़ी चार बार स्पन्दन करती है। लेकिन भिन्न-भिन्न व्यक्तियों में यह अनुपात भिन्न भी हो सकता है। श्वास की गति एक मिनट में 15 से 18 बार तक भी हो सकती है। नाड़ी के समान ही कुछ लोगों का श्वास-प्रश्वास मन्द और कुछ का तेज़ हो जाता है। आराम की अवस्था में यदि ऊपर लिखे हिसाब से ज़्यादा फर्क हो तो वह किसी रोग के कारण हो सकता है।

श्वास-प्रश्वास की गिनती छाती के फूलने-पटकने की क्रिया को देखकर की जा सकती है। अथवा हथेली चौड़ी करके छाती पर रखने से भी गिनी जा सकती है। वयस्क व्यक्तियों और बच्चों के श्वास-प्रश्वास में अन्तर होता है। तेज़ नाड़ी के समान ही उनका श्वास-प्रश्वास भी तेज़ होता है।

आयु	श्वास की गति प्रति मिनट
जन्म से दो वर्ष की आयु तक—	35 बार
दो से नौ वर्ष की आयु तक —	18 बार (सोते समय)
	23 बार (जगे रहने पर)
नो से पन्द्रह वर्ष की आयु तक—	18 बार (सोते समय)
	20 बार (जगे रहने पर)

श्वास-प्रश्वास-संस्थान का रोग होने पर, छाती में दर्द हो सकता है—(एक ओर अथवा दोनों ओर) खांसी उठती है; बलगम निकलता है। कभी-कभी कुछ रोगों में खून भी आ जाता है, कई बार श्वास लेने में कष्ट होता है जैसे दमे की हालत में।

तापक्रम (टेम्परेचर)

रोगों की जानकारी के सिलसिले में व्यक्ति के शरीर का तापक्रम भी देखा और नापा जाता है। इससे रोग पहचानने में काफी मदद मिलती है।

किसी भी स्वस्थ व्यक्ति का तापक्रम, उसके स्वास्थ्य, मौसम और देश पर निर्भर करता है। वैसे ठण्डे मुल्कों में सामान्य तापक्रम 98.4° तथा गर्म देशों में प्राय: 98° तक रहता है।

थर्मामीटर द्वारा तापक्रम नापते समय थर्मामीटर के पारे को 96° तक झटके देकर उतार देना चाहिए और फिर मुंह में (जबान के नीचे) थर्मामीटर का चमकदार सिरा एक मिनट तक रखना चाहिए (अधिक देर रखा रहने पर भी तापक्रम ज़्यादा नहीं आता है)। तापक्रम नापने के लिए मुंह उपपुक्त अंग माना गया है; किन्तु यदि किसी कारण थर्मामीटर मुंह में न रखा जा सके तो बगल या गुदा में रखकर नापना चाहिए।

बगल में थर्मामीटर लगाने से पहले यदि वहां पसीना हो तो उसे साफ कर लेना चाहिए, और थर्मामीटर 5 मिनट तक रखना चाहिए। यदि बच्चों का तापक्रम लेना हो तो बजाय मुंह और बगल के जांघ के जोड़ पर थर्मामीटर लगाएं।

मुंह और बगल तथा जांघ का तापक्रम प्रायः एक-सा ही होता है।

कभी-कभी बगल और जांघ का तापक्रम कुछ कम रह जाता है। किन्तु जब तापक्रम गुदा में नापा जाता है तो 0.6 से 0.8 तक मुंह की अपेक्षा अधिक निकलता है।

जब किसी रोगी का बुखार नापना हो तो सुबह 8 बजे, दोपहर 12 बजे, तीसरे पहर 4 बजे और फिर रात को 8 बजे, इस तरह दिन में चार बार नापकर लिखते रहना चाहिए ताकि डाक्टर को दिखाया जा सके। तापक्रम की कमोबेशी नीचे लिखी हालतों की तरफ संकेत करती हैं :

96° से नीचा तापक्रम—	अत्यधिक कमजोरी
96° से 97° तक—	ज्वररहित कमजोरी
99°.2 से 100.4°तक—	सामान्य ज्वरावस्था
100°5 से 103° तक—	सामान्य से अधिक ज्वर
10°3 से 105°.4 तक —	ऊंचा बुखार
105° से ऊपर—	खतरनाक बुखार

ज्वरग्रस्त होने पर वयस्क व्यक्ति की अपेक्षा बच्चों का बुखार ज़्यादा नहीं बढ़ता। इसके अलावा कई बार बच्चों को मामूली-सी पेट की तकलीफ के कारण भी बुखार हो जाता है जो कोई खास बात नहीं होती।

नाड़ी, श्वास-प्रश्वास तथा तापक्रम में सम्बन्ध

यदि तापक्रम एक डिग्री फारनहाइट बढ़ जाता है तो श्वास और नाड़ी की गति भी बढ़ती है। तब नाड़ी की गति प्रति सेकण्ड 8 बार बढ़ जाती है और प्रति मिनट 2 से 3 बार तक श्वास की गति बढ़ जाती है। अगले पृष्ठ की सारिणी से यह हिसाब-किताब समझिए :

सामान्य स्वस्थ अवस्था में

तापक्रम—		नाड़ी की गति प्रति मिनट		श्वास प्रति मिनट
98.4°	—	75	—	18

जब ज्वर बढ़ जाता है

तापक्रम—		नाड़ी की गति प्रति मिनट		श्वास प्रति मिनट
100°	—	87 से 90 तक	—	लगभग 23

इन अनुमानों में अधिक अन्तर आना गम्भीर हालत का सूचक होता है; जिसकी सूचना अनिवार्य रूप से डाक्टर को देनी चाहिए।

रोगी-परिचर्या

रोगी की सेवा-सुश्रुषा में तत्परता का विशेष महत्त्व होता है। प्रायः हमारे परिवारों में रोगी की सेवा का भार किसी एक व्यक्ति पर तो रहता नहीं; जब-तब परिवार का कोई भी सदस्य परिचर्या में हाथ बंटाता रहता है। लेकिन वास्तव में रोगी की सेवा का कार्य किसी एक व्यक्ति के सुपुर्द रहना चाहिए ताकि वह एकचित्त होकर अपना दायित्व निभा सके। परिचारक को निम्नलिखित बातों का ध्यान रखना चाहिए :

(1) डाक्टर को हिदायत के मुताबिक रोगी को समय पर दवा देनी चाहिए।

(2) डाक्टर की हिदायत के मुताबिक रोगी का पथ्य अपने सामने तैयार कराके खिलाना चाहिए।

(3) रोगी को पेशाब, पाखाना कराने तथा ऐसी ही दूसरी जरूरतों को पूरा करने में मुस्तैद रहना चाहिए।

(4) रोगी के आराम का पूरा ध्यान रखना चाहिए। रोगी के पास मिलने वालों की भीड़ नहीं होने देनी चाहिए।

(5) जहां तक हो सके रोगी को प्रसन्न रखने का प्रयत्न करना चाहिए; रोगी से अत्यन्त सहानुभूतिपूर्ण व्यवहार करना चाहिए।

निरीक्षण—परिचारक को सूक्ष्म निरीक्षक भी होना चाहिए ताकि वह इलाज में डाक्टर के लिए सहायक साबित हो। उसे निम्नलिखित बातों का ध्यान रखना चाहिए :

(क) डाक्टर की सुविधा के लिए रोगी का तापक्रम नोट करके रखे।

(ख) पेशाब-पाखाना, कितनी बार हुआ और कैसा हुआ यह भी डाक्टर को बताना चाहिए। यदि डाक्टर रोगी का पाखाना निरीक्षण करने की हिदायत देता है, तो पाखाने को डाक्टर के आने तक सुरक्षित रखे।

(ग) रोगी को नींद कैसी आती है? किस करवट और हालत में रोगी आराम पाता है ?

(घ) अगर कहीं दर्द है तो पहले की अपेक्षा दर्द बढ़ा है या घटा है ?

(ङ) रोगी की सामान्य दशा कैसी रही ?

(च) यदि अचानक रोगी का कष्ट बढ़ता है अथवा कोई खतरनाक लक्षण पैदा होता है, तो तुरन्त डाक्टर को खबर देने की व्यवस्था करनी चाहिए।

(छ) रोगी किस रोग से पीड़ित है। और उसमें क्या-क्या सावधानियां अपेक्षित हैं; इसका भी सामान्य ज्ञान परिचारक को होना चाहिए।

शरीरगत रोग

दर्द

शरीर के किसी भी भाग में दर्द होना एक व्यापक शिकायत होती है। दर्द मामूली दुखन से बेचैनी के दर्जे तक हो सकता है

वैसे दर्द अपने-आप में कोई रोग नहीं है बल्कि वह हमेशा किसी न किसी रोग की सूचना के रूप में पैदा होता है। परन्तु रोग क्या है और कहां है यह बात सिर्फ दर्द के लक्षण से नहीं ज्ञात की जा सकती ; उसके लिए और दूसरे लक्षण और चिह्न तलाश करने ज़रूरी होते हैं।

दर्द एक ही तरह से नहीं उठता; वह कई प्रकार से उठ सकता है। जैसे कभी दर्द लगातार होता रहता है। कभी मन्दा, कभी तेज़ भी होता है। कई रोगों में दर्द रात्रि के समय बढ़ जाता है। कई दर्द गर्मी में और कई सर्दी में तेज़ होते हैं। कई बार हवा लगने से भी दर्द बढ़ता है। दर्द को कुछ लोग आसानी से सहन कर लेते हैं, कई लोग मामूली दर्द भी बर्दाश्त नहीं कर पाते।

शरीर के जिस अंग में दर्द होता है यह ज़रूरी नहीं होता कि रोग उसी स्थान पर छिपा हो, कई बार रोग उससे काफी दूर किसी दूसरे स्थान पर होता है। फेफड़ों की झिल्ली सूज जाने पर उसका दर्द पेट में मालूम होता है जबकि पेट में कोई रोग नहीं होता। पित्त की थैली का दर्द दाहिने कन्धे में अनुभव होता है। तथा सिरदर्द बहुत आम तौर पर हो जाने वाली शिकायत है परन्तु इसके एक नहीं अनेक कारण होते हैं। खून की कमी, नज़ला-जुकाम, कब्ज़, चिन्ता, पेट की गैसें, महिलाओं में जननेन्द्रिय सम्बन्धी रोग—इन सभी

हालतों में सिरदर्द हो जाता है। यूं किसी भी स्थान के दर्द के कारणों का सही पता योग्य चिकित्सक ही लगा पाता है, लेकिन आगे जो कुछ दर्द के बारे में लिखने जा रहे हैं उससे पाठकों को भी काफी आभास मिल सकेगा।

दर्दनाशक औषधियां—लोग दर्द से जल्द मुक्ति पाने के लिए औषधियों को खरीद-खरीदकर खा रहे हैं। परन्तु यह अभ्यास स्वास्थ्य के लिए हानिकारक है। क्योंकि दर्द का कारण तो पता चलता नहीं बस गोलियां सटक ली जाती हैं। इन सभी दर्दनाशक औषधियों में 'एस्प्रिन होती है ; मगर 'एस्प्रिन' से हरेक तरह का दर्द नहीं ठीक होता। यही कारण है कि लोग इनकी 4-4 गोलियां सटक जाते हैं और दर्द वैसा ही बना रहता है—वस्तुतः 'एस्प्रिन' दर्द के लिए कोई रामबाण औषधि नहीं है, बल्कि बहुत अंशों में नुकसानदेह है। यह दिल को कमजोर करती है। किसी रोगी को ये गोलियां खाने के बाद दर्द घण्टे-दो घण्टे को रुक जाता है लेकिन फिर शुरू हो जाता है। अतएव हम पाठकों से.अनुरोध करेंगे कि कभी इन विज्ञापित गोलियों का इस्तेमाल न करें।

अलग-अलग अंगों का दर्द किन सम्भव कारणों से पैदा हो सकता है, इसका आभास चित्र 2 और 3 में दिया गया है।

अग्रभाग संकेत-तालिका चित्र

1. सिरदर्द—रक्त की कमी, पेट की खराबी, चोट, जुकाम, नजले एवं स्त्री जननेद्रिन्यों के रोगों से।

2. छाती की हड्डी के नीचे का दर्द—पेट के रोग, हड्डी के विकार, हृदय के रोग एवं फेफड़े के रोगों से।

3. दिल के सामने दर्द—अजीर्ण, खून की कमी, पेट की वायु से।

4. महाप्राचीरा में दर्द—ज़्यादा खांसने से, कै होने से, फेफड़ों की झिल्ली की सूजन से।

5. आमाशय में दर्द—बदहज़मी, पेट के जख्म, न्यूमोनिया, जिगरवृद्धि एवं जिगर की पथरी से।

6. नाभि पर दर्द—पेचिश, उदर की गांठें बढ़ने, न्यूमोनिया, रीढ़ की हड्डी के रोग से।

7. उदार में बाईं ओर दर्द—कब्ज़, कालिक और पेचिश से।

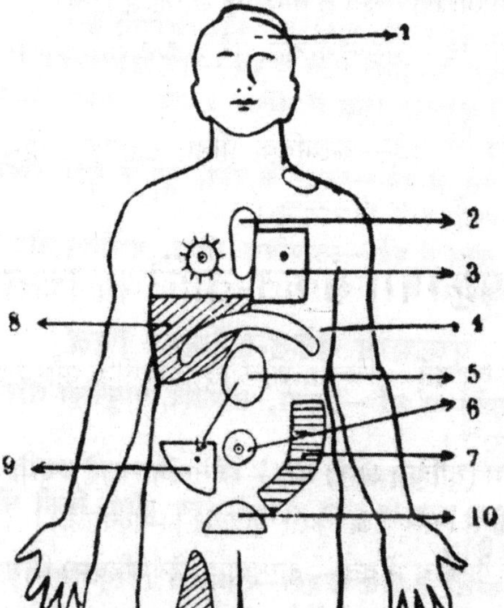

चित्र—२.
शरीर का अग्र भाग

8. दाहिनी ओर उदर के ऊपर दर्द—जिगर की सूजन, जिगरवद्धि, जिगर की पथरी, न्यूमोनिया और प्लूरिसी से।

9. उदर के दाहिने कोने में दर्द—एपेण्डिसाइटीज से। कई बार दर्द की शुरुआत चित्र में अंकित 5 एवं 6 नम्बर के स्थानों से होती है।

10. पेड़ में दर्द—मसाने के रोग, गुर्दे के कुछ रोगों और स्त्रियों में गर्भाशय के विकार से।

11. जंघा में दर्द—स्नायविक पीड़ा, गर्भाशय और डिम्बग्रन्थि के विकारों से।

पृष्ठभाग संकेत-तालिका चित्र

1. गर्दन का दर्द—चिन्ता, शोकादि, वायुपीड़ा और गर्दन तोड़ बुखार से।

2. कन्धे में (दाहिनी ओर) दर्द—जिगर की पथरी, न्यूमो. निया, प्लूरिसी, आदि दूसरे रोगों से (स्नायुपीड़ा किसी भी ओर हो सकती है)।

3. कन्धों के बीच में वर्द—आमवात (रियूमैटिक्म) जिगर और पित्त की थैली के रोगों से।

4. कमर में दर्द—गुर्दो की खराबी से।

5. बीच कमर में दर्द—लम्बगो, कब्ज, थकावट, बुखार, स्त्रियों में कष्टरजता तथा पुरुषों में गुर्दे के रोगों से।

6. नितम्बों के ऊपर दर्द—स्त्रियों में गर्भाशय और डिम्बग्रन्थियों के रोगों से, गुदा के रोगों से जैसे—बवासीर, स्नायविक पीड़ा और वायुपीड़ा से।

7. जंघा के पिछले भाग में दर्द—गध्रसी वायु, कब्ज।

8. पिण्डली में दर्द—थकावट, रक्ताल्पता और स्नायुपीड़ा से।

9. एडी में दर्द—चोट के कारण, रियूमैटिक पीड़ा से।

चिकित्सा—ऊपर उल्लेख किए गए सभी दर्दों की चिकित्सा लिखना इस छोटी पुस्तिका में सम्भव नहीं है। इसके अलावा हम पाठकों को इस बात के लिए भी प्रोत्साहित नहीं करेंगे कि वे खुद इलाज करने के लिए कटिबद्ध हो जाएं। अतएव हम इस स्थल पर सिर्फ कुछ आम दर्दों के उपचार ही दे रहे हैं।

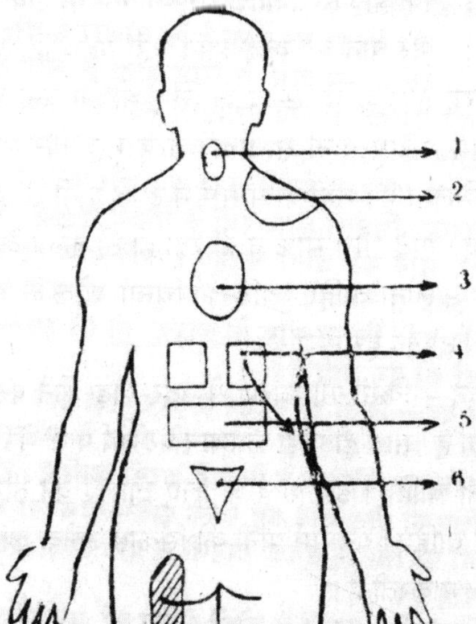

चित्र—३.
शरीर का पृष्ठ भाग

सिरदर्द—सिरदर्द में लोग चाय या पानी के साथ आमतौर पर एस्प्रिन घटित औषधियों की गोलियां सटक लेते हैं, किन्तु ऐसा नहीं करना चाहिए। बेहतर यह होता है कि बाजार से कोई अच्छा पेन बाम लेकर मलें; 'पेन बाम' से लाभ होता है, और बाद को कोई हानि नहीं पहुंचती। यदि लगातार कई दिनों तक दर्द रहे तो एक-दो समय के लिए भोजन बन्द कर देना चाहिए। सर्दियों के मौसम में गर्म पानी से अच्छी तरह मुंह और मस्तक को धोने से दर्द में आराम मिलता है। गर्मी के मौसम में ठण्डे पानी से खूब मुंह और माथे को धोना चाहिए। यदि शौच साफ न हो रहा हो तो कब्ज़ के अध्याय में लिखे उपायों को काम में लाना चाहिए। यदि दर्द चिन्ता-शोक के कारण हो तो प्रसन्न रहिए, प्रसन्नता दर्दो को हर लेती है।

पेट का दर्द—किसी भी कारण से उदर-पीड़ा होने पर भोजन बन्द कर देने से लाभ होता है। साथ ही पीड़ा के स्थान पर गर्म पानी में भिगोए हुए तोलिये से सिंकाई करनी चाहिए। इस कार्य के लिए तौलिए की तीन-चार तह करके इस्तेमाल करना चाहिए। यह गर्म पानी की सिंकाई अनेक कारणों से होने वाली उदर-पीड़ा में लाभ करती है।

जोड़ों का दर्द—घुटनों के जोड़ों में का दर्द अधिकांश रूप में आमवात (रियूमैटिज्म)या गठिया के कारण होता है। उस हालत में जोड़ों की ऊपर लिखी विधि से गर्म पानी की सिंकाई बहुत लाभ करती है। वैसे पूरे इलाज के लिए योग्य चिकित्सक की सलाह लेनी चाहिए।

छाती का दर्द—न्यूमोनिया, प्लूरिसी जेसे रोगों में जब छाती का दर्द होता है तब भी ऊपर लिखी विधि से गर्म पानी के तौलिए से गीली सिंकाई लाभ करती है।

गले की पीड़ा—टान्सिल बढ़ जाने, गले में सूजन हो जाने पर दर्द अनुभव होता है। ऐसी दशा में पहले गर्म पानी के गरारे करके बाद को बाहर से गले की गर्म पानी और मोटे कपड़े से सिंकाई करनी चाहिए; इससे जल्द लाभ होता है।

कमर के निचले भाग का दर्द—यदि दर्द के साथ ही शौच भी साफ न हो रहा हो तो दर्द कब्ज़ के कारण समझना चाहिए और कब्ज के अध्याय में लिखे उपाय काम में लाएं। स्नायविक दर्द में गर्म तेल पीठ पर मालिश करने से भी लाभ

होता है। यदि किसी उपाय से लाभ न दिखाई दे तो फिर योग्य चिकित्सक की सलाह लेनी चाहिए।

वमन (कै) होना

कै होने की दशा में मुंह के जरिए पेट में पहुंची हुई वस्तुएं (भोजन, पानी आदि) बाहर आ जाती हैं। कै होना कई रोगों का लक्षण होता है। यह खुद कोई बीमारी नहीं होती।

सामान्य अजीर्ण के कारण जब कै होती है तो एक-दो बार में खाया हुआ भोजन बाहर आ जाता है और रोगी को शान्ति मिल जाती है।

रौगी की कै में क्या कुछ निकलता है इसपर ध्यान देना बहुत जरूरी होता है।

हैज़े के रोगी की कै में गाढ़ा रंगहीन पानी निकलता है, जिसमें सफेद रंग के छिछड़े होते हैं। अगर इस तरह की के कै साथ ही चावल के मांड़ के समान दंस्त भी होते हों तो हैज़ा होने का पूरा शुबहा करना चाहिए और रोगी को अस्पताल भेज देना चाहिए अथवा योग्य डाक्टर की देख-रेख में रखना चाहिए।

यदि कै में काला और गाढ़ा-सा पदार्थ निकलता है और पानी डालने पर वह खून के रंग का हो जाता है तो पेट का रक्तस्राव समझना चाहिए। तब भी फौरन डाक्टर की सलाह लेनी चाहिए। पेट के रक्तस्राव में कई बार ताजा लाल खून भी निकलता है।

यदि कड़वा, खट्टा और पीला, हरा पानी कै में निकलता है तो यह पित्त होता है, इसका निकल जाना रोगी के लिए लाभदायक रहता है। जिगर की खराबी,भोजन की उपनियमितता एवं पैत्तिक ज्वर में इस तरह का वमन आमतौर पर होता है। बदहज़मी के कारण निकलने वाला पानी सफेद किन्तु स्वाद में खट्टा होता है।

इन कारणों के अलावा और भी बहुत-से कारणों से वमन होता है। बच्चों में अधिक खा लेने से कै हो जाती है, गभिणी महिलाओं को भी कै होती है (जिसका वर्णन पाठकों को गर्भ स्थिति के अध्याय में मिलेगा)।

इलाज—यूं कै का इलाज उन कारणों को दूर करना है जिनके कारण

वमन हुआ है। वैसे कुछ आम सावधानियां हर सूरत में बरतनी चाहिए।

(क) वमन होने पर खाना बन्द कर दें।

(ख) यदि वमन बदहजमी के कारण हो तो वमन होने के पश्चात् नीबू मिला ठण्डा पानी दो-दो घूंट पीना चाहिए। पित्त की कै में यह उपाय खास तौर पर लाभ करता है।

(ग.) यदि रोगी को बेहोशी की हालत में वमन हो तो उसे कुछ भी खाना-पीना नहीं देना चाहिए।

(घ) हैज़े की के में खूब ठण्डा बरफ का पानी पिलाएं, बरफ का टुकड़ा मुंह में रखकर चुसाएं।

नक्सीर फूटना

नक्सीर फूटने का अर्थ है नाक से खून बहना। नक्सीर भी अनेक कारणों से बह सकती है। गर्मी के दिनों में ज़्यादा गर्मी से नक्सीर बहने लगती है। इसके अलावा नाक पर चोट लगना, नाक के भीतर अधिक चिपके मैल को उखाड़ना, ये नक्सीर बहने के सामान्य कारण हैं।

उपचार—नक्सीर बहने की दशा में चित लेट जाना चाहिए, और कुछ समय तक चुपचाप और शान्तिपूर्वक लेटे रहना चाहिए, इसके साथ ही नाक की जड़ को थोड़ा दबावें ताकि खून बन्द हो। अथवा नाक पर कोई तौलिया या रूमाल बांध दें। यदि इतने उपचार से खून बन्द नहीं होता है तो बर्फ के ठण्डे पानी में कपड़ा भिगोकर नाक पर रखना चाहिए। यदि इससे भी खून न रुके तो नाक में गीली रूई ठूस देनी चाहिए। इन उपचारों से नक्सीर जल्दी ही बन्द हो जाती है। यदि न हो तो फिर डाक्टर को बुलाना चाहिए। डाक्टर अपनी विशेष विधि से औजारों की सहायता से रक्त निकलने वाले स्थान को रूई, गाज आदि से भरकर खून बन्द करेगा।

बहरहाल, नक्सीर का खून बन्द करना बहुत जरूरी होता है। इसके इलाज में देर नहीं करनी चाहिए। यदि सिर पर चोट लगने के फलस्वरूप नाक से खून बहता हो तो फौरन डाक्टर की सलाह लेनी चाहिए, क्योंकि यह लक्षण गम्भीर बन सकता है।

मुंह आना

मुंह आने का अर्थ होता है, मुख की भीतरी त्वचा में सूजन हो जाना। इस हालत में मुह के अन्दर गाल, जीभ, गला, और कभी-कभी होंठ तक लाल पड़ जाते हैं। ऐसा प्रायः दो कारणों से होता है। मसूढ़ों या दांतों में कीटाणु-संक्रमण या पायरिया, अथवा पाचन-दोष के कारण पेट की गर्मी बढ़ जाने से। विटामिन 'सी' की कमी के कारण भी मुंह आ जाता है। मुंह आने पर कई बार अतिरिक्त रूप से मुंह से अधिक लार गिरती है, रोगी को कोई चीज़ खाने-पीने में कष्ट होता है। रोग की अधिक बढ़ी हुई दशा में रोगी बोल तक भी नहीं पाता। नमक मिले भोजन खाने में कष्ट होता है। वह केवल तरल पेय आसानी से ले पाता है।

कई बार मुंह के भीतर की पूरी त्वचा न सूजकर जगह-जगह जख्म हो जाते हैं जिन्हें मुंह के छाले कहा जाता है। पहले इनपर एक सफेद-सी झिल्ली फैली रहती है, बाद को वह झिल्ली हटकर ज़ख्म बन जाते हैं और उनमें पानी तथा भोजन लगता है।

यदि दांतों या ममूढ़ों के कारण मुंह आया हो तो दांतों की सफाई के साथ ही दांतों के डाक्टर से सलाह करनी चाहिए। किन्तु यदि कष्ट पेट की खराबी के कारण मालूम पड़े तो कब्ज़ के अध्याय में बताए हुए उपाय काम में लाने चाहिए। साथ ही एक-दो दिन ठोस भोजन न करके, फलों का रस, दूध आदि पर रहना चाहिए। विटामिन 'सी' की कमी के कारण जब मुंह आता है तो पानी में नीबू निचोड़कर पीने से ताजा विटामिन 'सी' मिलता है और काफी लाभ होता है। दूसरे कारणों में भी नीबू मिला पानी लाभ दिखाता है, क्योंकि अक्सर दांतों और मसूढ़ों के रोग भी विटामिन 'सी' की कमी के कारण होते हैं तथा पाचन दुरुस्त करने में भी नीबू बहुत लाभकारी होता है।

अनिद्रा

नींद आना मनुष्य-शरीर की एक स्वाभाविक क्रिया है। व्यक्ति की ज़िन्दगी का 1/3 भाग सोने में खर्च हो जाता है। अनिद्रा का अर्थ है नींद न आना। अनिद्रा का लक्षण एक नहीं अनेक कारणों से पैदा होता है। इतना ही नहीं भिन्न-भिन्न व्यक्तियों के साथ कारण भी भिन्न होते हैं। साथ ही कुछ

परिस्थितियां जहां कुछ लोगों में नींद लाती हैं, दूसरे व्यक्ति की नींद उन्हीं परिस्थितियों में उड़ जाती है।

शरीर-शास्त्रियों का मत है कि ऐसे रोगी बिरले ही होते हैं जिन्हें बिल्कुल नींद न आती हो। जो व्यक्ति यह कहता है "मुझे नींद नहीं आती"—वह भी सोता है, जिस हिसाब से वह कम नींद की शिकायत करता है वस्तुतः वह उससे ज़्यादा देर सो लेता है। ऐसे लोगों को वही समय याद रहता है जितने समय वे मन की ऊहापोह और नींद की चिन्ता में बिता देते हैं। दरअसल नींद के घण्टे उन्हें याद नहीं रहते।

एक व्यक्ति को 24 घण्टों में कितने समय सोना चाहिए, इस सम्बन्ध में कोई कड़ा नियम नहीं है। भिन्न-भिन्न लोगों की नींद की ज़रूरत भी अलग-अलग ही होती है। कुछ लोगों को 24 घण्टों में 6 घण्टे सोना ही काफी होता है तो कुछ 8 घण्टे लेते हैं और कुछ दूसरे व्यक्ति 4 घण्टे सोकर ही अपनी जरूरत पूरी कर लेते हैं।

नींद में व्यक्ति को आराम मिलता है और वह अपनी खर्च की हुई शक्ति की पूर्ति करता है। इस दृष्टि से प्रत्येक व्यक्ति के लिए सोना ज़रूरी होता है।

नींद न आने के अनेक कारण हो सकते हैं, जैसे—पेट में अजीर्ण होना, मानसिक रूप से चिन्तित और उत्तेजित रहना, असन्तुलित और अनियमित भोजन करना, शराब पीना, तम्बाकू अधिक पीना, अधिक रात गए तेज कॉफी या चाय पीना, कोई व्यायाम या परिश्रम का काम न करना, बन्द और बिना हवा के कमरों में सोना, बिस्तर बहुत मुलायम, गिलगिला, अथवा बहुत सख्त होना,पर ठण्डे पड़े रहना, अथवा हाथ-पैरों से गर्मी निकलना, एवं मच्छर और खटमलों से भी नींद उड़ जाती है।

उपचार—कारण खोजकर उन्हें दूर करना ही अनिद्रा का सही उपचार होता है। लेकिन फिर भी नींद लाने की सबसे बढ़िया विधि शरीर को ढीला छोड़ना अर्थात् पूर्ण विश्राम देना होता है। इसे अंग्रेजी में 'रिलेक्ज़ेशन' कहते हैं। पूर्ण विश्राम के लिए हमें अपने शरीर की समस्त पेशियों को पूर्ण रूप से ढीला छोड़ देना चाहिए; साथ ही दिमाग को भी पूरा आराम देना चाहिए, यानी उस समय मन में कोई सोच-विचार न लाएं।

सोने के लिए बिस्तर पर लेटकर कुछ पढ़ने से शरीर ढीला पड़ जाता है और नींद आने लगती है। सोते समय हल्का-फुल्का मन्द संगीत सुनना भी शरीर और मस्तिष्क को विश्राम देता है और नींद आ जाती है। बिस्तर पर जाने से पूर्व (रात्रि को) सर्दियों में निवाए पानी का स्नान तथा गर्मियों में ठण्डे पानी का स्नान, शरीर को विश्राम देकर नींद ले आता है। गिनती गिनना, गहरे और एकसमान सांस लेना भी नींदावर होता है। हल्का शारीरिक व्यायाम भी गहरी नींद लाने में भारी सहायता करता है।

वस्तुत: 'अनिद्रा' का भय नींद लाने में बहुत बड़ी बाधा उपस्थित करता है। "मुझे नींद नहीं आती है" विचार ही व्यक्ति को गहरी नींद नहीं आने देता।

नींद की गोलियां—नींद लाने वाली गोलियां कभी भी बिना डाक्टर की सलाह के नहीं खानी चाहिए। खुद अपनी तजवीज से नींद की गोलियां खाने की हानिकारक और प्राणघातिनी घटनाएं प्रतिदिन सुनने और पढ़ने में आती हैं। इसीलिए कानूनन नींद की गोलियां बिना डाक्टर के परचे के नहीं बेची जाती। डाक्टर की सलाह के मुताबिक भी जिन लोगों को नींद की गोलियां खानी पड़ें, उन्हें भी समय-समय पर डाक्टर से मिलकर खाने न खाने के सम्बन्ध में बराबर हिदायत लेते रहना चाहिए।

ज्वर-प्रधान रोग

बुखार क्या है ?

'ज्वर' या 'बुखार' का अर्थ है शरीर की गर्मी बढ़ जाना। बुखार को खुद कोई रोग नहीं माना गया है, बल्कि यह किसी भी दूसरे रोग का एक लक्षण होता है। बुखार के चिह्न होते हैं शरीर की त्वचा का गर्म हो जाना, उसपर सुर्खी और खुश्की दिखाई देना, नाड़ी की गति तेज़ होना, श्वास-प्रश्वास की रफ्तार बढ़ जाना, किन्हीं बुखारों में सर्दी भी मालूम पड़ती है। इसके अलावा शरीर में बेचैनी, हड़कल, जी मिचलाना, वमन होना, दस्त हो जाना, सिरदर्द आदि शिकायतें भी बुखार के दौरान हो जाती हैं। बुखार की तेज़ी में रोगी को गफलत भी हो जाती है और वह बकवास भी करता है।

वैज्ञानिकों ने ज्वर को स्वास्थ्य का मित्र माना है; क्योंकि बुखार के जरिए प्रकृति हमें इस बात की सूचना देती है कि शरीर पर रोग का हमला हुआ है, शरीर में जब किसी बीमारी के कीटाणुओं का आक्रमण होता है, तो हमारा शरीर भी आक्रमण के विरुद्ध लड़ने के लिए कुदरती तौर पर तैयारियां करता है। इस हमले की तुलना हम किसी देश पर होने वाले दुश्मन के हमले से कर सकते हैं। प्रकृति हमारे शरीर में खून के सफेद कणों (दानों) को ज़्यादा से ज़्यादा तादाद में उत्पन्न करके रोग-कीटाणुओं से लड़ने और उन्हें परास्त करने के लिए भेजती है। शरीर की दूसरी धातुएं भी अपना काम तेजी से करने में जुट जाती हैं। इस सब हंगामे से शरीर में एक गर्मी पैदा होती है; यही ज्वर या बुखार होता है।

अनेक रोगों के कीटाणु बुखार की गर्मी से ही नष्ट हो जाते हैं। प्रायः ज्वर शान्त होने से पहले काफी ऊंचा पहुंचता है, फिर कभी तेज़ी से उतरता है, कभी धीरे-धीरे उतरता है। बुखार जब ज़्यादा बढ़ता है तो यह समझना चाहिए कि रोग गम्भीर है। अतएव तीव्र ज्वर में तुरन्त इलाज की व्यवस्था करनी चाहिए।

आजकल आमतौर पर पढ़े-लिखे लोगों की यह प्रकृति बन गई है कि वे ज्वर की परेशानी से जल्दी छुट्टी पाना चाहते हैं। वे ज्वर और दर्दनाशक विज्ञापित औषधियों की ओर झुकते हैं और कोई 'एस्प्रिन' पर बनी औषधि बाजार से लेकर खा लेते हैं। किन्तु इधर बुखार होने पर उधर ज्वरनाशक गोली खा लेना कोई वैज्ञानिक कदम नहीं होता। बहुत बार बुखार को रोक देना अथवा कम कर देने के यह अर्थ होते हैं कि अपने शरीर के बचाव पक्ष को ही कमजोर कर दिया। इसलिए जब तक ज्वर का सही निदान न हो, और वह इन्हें खाने की सलाह न दे, इन गोलियों को इस्तेमाल नहीं करना चाहिए।

तेज़ ज्वर में उचित कदम यह होता है कि रोगी की सेवासुश्रूषा (नसिंग) से ही बुखार को कम किया जाए। जब बुखार 104°-105° या 106° तक हो तो रोगी के सिर पर बर्फ के पानी की पट्टी और पेट पर ठण्डे पानी की गद्दी रखनी चाहिए। उसका बदन गीले रोएंदार तौलिये से पोंछ देना चाहिए। ठण्डा पानी अथवा नीबू मिला पानी अथवा सन्तरा, मौसम्मी का रस खूब पिलाना चाहिए। ये

सब तरल पेय देने से उसे पेशाब ज़्यादा होगा और उसके ज़रिये शरीर से रोग का गन्दा और जहरीला माद्दा निकलेगा। विज्ञापित औषधियों की तरह इन उपायों से रोगी को कोई हानि पहुंचाने का खतरा नहीं होता। साथ ही ज्वर धीरे-धीरे कम हो जाता है। बेचैनी में भी बहुत शान्ति मिलती है।

ज्वर की हालत में भोजन नहीं देना चाहिए। स्वाभाविक रूप से ज्वर होने पर रोगी को भूख नहीं रहती। फलों के रस और जल पिलाना ही पर्याप्त होता है। अनाज का भोजन और दूध जैसे भारी खाद्य को रोगी हज़म नहीं कर पाता—ऐसे भोजन ज्वर में और कई तरह के गम्भीर उपद्रव पैदा कर देते हैं।

ज्वर कितने दिन तक रहता है, कब बढ़ता है, कब घटता है, कितने दिन में टूटता है; यह सब उस बीमारी पर निर्भर करता है जिसके कारण बुखार होता है। अलग-अलग रोगों में बुखार का सिलसिला अलग-अलग दर्जों पर ही चलता है। कुछ ज्वर-प्रधान रोगों की गणना इस प्रकार है :

मलेरिया, कालाजार, गर्दनतोड़ बुखार, प्रसूत ज्वर, मियादी बुखार (टायफायड), आमवात, (रियूमैटिक फीवर) चेचक, खसरा, न्यूमोनिया,इन्फ्लूएन्ज़ा,'लू' का बुखार, कनफेड़े, डिफ्थीरिया आदि।

मलेरिया

ज्वर-प्रधान रोगों में मलेरिया का प्रमुख स्थान है। यहां तक कि इसे 'मलेरिया बुखार' के नाम से ही जाना जाता है। कुछ वर्ष पूर्व मलेरिया बहुत व्यापक और आम रोग था। लेकिन आज स्थिति बहुत बदल चुकी है। अन्तर्राष्ट्रीय मलेरिया उन्मूलन अभियान के कारण पिछले दस वर्षों में अनेक देशों से मलेरिया को समूल नष्ट किया जा चुका है। हमारे भारत में भी खूब-मलेरिया होता था लेकिन अब कभी-कभी ही कहीं-कहीं मलेरिया का कोई रोगी देखने में आता है।

यूं मलेरिया एनाफलीज जात के मच्छर के काट लेने से होता है, लेकिन उन्मूलन के प्रयत्नों द्वारा इन मच्छरों की नस्ल ही समाप्त कर दी गई है। फिर भी यहां मलेरिया का कुछ परिचय देना उपयुक्त होगा।

लक्षण—मलेरिया-ग्रस्त रोगी तीन हालतों से गुजरता है : (1) जाड़ा (2) गर्मी (3) पसीना पहले रोगी को सर्दी लगती है। वह सर्दी से कांपने लगता है। साथ ही किसी-किसी को सिरदर्द भी शुरू हो जाता है। बुखार भी जाड़े के साथ ही बढ़ना शुरू होता है। कुछ समय बाद सर्दी लगनी बन्द हो जाती है और गर्मी शुरू होती है। रोगी अपने कम्बल और रजाई उतार देता है। उसका बदन जलने लगता है; नब्ज़ की रफ्तार बढ़ जाती है और बुखार काफी ऊंचा (104°-105°) पहुंच जाता है। गर्मी और बुखार की यह दशा 4 से 10 घण्टों तक रहती है। इसके पश्चात् पसीना शुरू हो जाता है। पसीने के साथ ही बुखार हल्का होने लगता है। नब्ज़ की तेजी घटने लगती है। कुछ ही घण्टों में बुखार उतर जाता है।

मलेरिया ज्वर प्रतिदिन भी हो सकता है तथा तीसरे और चौथे दिन भी होता है।

उपद्रव—मलेरिया में कई तरह के उपद्रव भी पैदा हो जाते हैं, जैसे खांसी, दस्त, कै। लेकिन मलेरिया खासतौर पर जिगर और तिल्ली को खराब कर देता है। मलेरिया-ग्रस्त इलाकों के लोगों के तिल्ली और जिगर आमतौर पर बढ़े रहते हैं, और उनके शरीर में खून की कमी हो जाती है।

इलाज—मलेरिया की सर्वोत्तम औषधि क्विनीन रही है। अब कुछ दूसरी औषधियों का भी आविष्कार हो गया है, परन्तु क्विनीन का स्थान आज भी मलेरिया के इलाज में अक्षुण्य है। ज्वर रोकने के लिए पहले कोई रेचक दवा देकर रोगी का पेट साफ करना ज़रूरी होता है, फिर एक पूरी आयु के व्यक्ति के लिए दिनभर में 15 ग्रेन क्विनीन तीन-चार खुराकों में बांटकर खा लेना काफी होता है

सुरक्षा—मच्छरों से बचने के लिए मलेरिया के सीजन में मसहरी लगाकर सोना चाहिए। घर के आसपास की गन्दगी, कड़ा तथा नालियों की सफाई रखनी चाहिए ताकि मच्छर पैदा न हों। डी० डी० टी० जैसी कीटाणु-नाशक औषधि छिड़कवाकर मच्छरों को नष्ट कर देना चाहिए।

कालाजार

कालाजार भी ज्वर-प्रधान रोग है, और इसे मलेरिया का बड़ा भाई

कहा जा सकता है। यह एक विशेष प्रकार की मक्खी के काटने से होता है। कालाजार मलेरिया की अपेक्षा ज़्यादा हठीला रोग है। किन्तु यह देशव्यापी नहीं है। बिहार, बंगाल, आसाम एवं उत्तरप्रदेश के कुछ पूर्वी जिलों में ही कालाजार होता है। अल्पांशों में यह मद्रास के भी कुछ इलाकों में होता है। शेष भारत में नहीं।

तिल्ली बढ़ना कालाज़ार का मुख्य लक्षण है। जब कभी इलाज की दृष्टि से कालाजार उपेक्षित रह जाता है तो तिल्ली बढ़कर पूरा पेट घेर लेती है। रोगी के मसूढ़ों से खून निकलता है अथवा उसे नक्सीर फूटती है। जिल्द के नीचे भी रक्तस्राव होकर काले-काले चकत्ते पड़ जाते हैं। कालाजार में मलेरिया से अधिक रक्त-हानि होती है।

इसकी चिकित्सा एण्टीमनी धातु के बने इन्जैक्शनों से ही होती है; दूसरी कोई औषधि इस रोग पर काम नहीं करती। सुरक्षा के लिए सफाई बहुत ज़रूरी होती है। जिस मक्खी के काटने से रोग होता है वह अधिक ऊंची नहीं उड़ पाती, इसलिए ऊपर की मंजिल में रहने वाले लोग इससे सुरक्षित रहते हैं।

इन्फ्लूएंजा—'फ्लू'

लक्षण— 'फ्लू' का असर व्यक्ति पर एकदम होता है। और रोगी थकावट, कमजोरी और बेचैनी अनुभव करता है। प्रारम्भ में इसके लक्षण सर्दी-जुकाम के से होते हैं। लेकिन कमज़ोरी बहुत बढ़ी हुई होती है। इसके अतिरिक्त सिरदर्द, गफलत, बदन में हड़कल होती है और सर्दी लगकर बुखार हो जाता है। लेकिन 101° या 102° से आमतौर पर ऊपर नहीं जाता। साथ ही खुश्क खांसी होती है।

फ्लू दो-तीन दिन से लगाकर एक-दो सप्ताह तक टिक जाता है। और आराम आ जाने के बाद भी रोगी को काफी कमजोरी रहती है। अक्सर फ्लू लौट-लौटकर दुबारा-तिबारा भी हो जाता है और तब इसके उपद्रव और बढ़ जाते हैं। वस्तुतः इन्फ्लूएंजा गले और श्वास-नलिकाओं की बीमारी है। हालांकि यह रोग स्वयं घातक नहीं होता परन्तु खांसी और न्यूमोनिया जैसे रोगों के लिए रास्ता खोल देता है।

फ्लू एक से दूसरे को लग जाने वाला रोग है; चूंकि इसके कीटाणु नाक और गले की झिल्ली में रहते हैं, इसलिए नाक साफ करने तथा बोलने के समय जो नाक, थूक की बारीक-सी फुहार हवा में उड़ती है तथा छींकों द्वारा उड़ने वाली फुहार से भी यह रोग एक से दूसरे को लग जाता है। रोगी के जूठे बर्तन तथा इस्तेमाल में आने वाली दूसरी चीजें भी रोग फैलाने में सहायक होती हैं।

चिकित्सा—एलोपैथिक चिकित्सा क्षेत्र में फ्लू के लिए अभी तक कोई विशिष्ट औषधि नहीं बन पाई है। एण्टीबायटिक एवं सल्फा औषधियों से ही इसकी चिकित्सा की जाती है। लेकिन यूनानी पद्धति के जोशांदे इस रोग में काफी सफलतापूर्वक काम करते हैं। रोग के दौरान रोगी को अनाज से बने खाद्य (रोटी, दाल आदि) नहीं देने चाहिए। सिर्फ फलों के रस, दूध, चाय आदि उपयुक्त रहते हैं। बिस्तर पर पूरा आराम करने से रोग जल्दी ठीक होता है।

मियादी बुखार-मोतीझारा (टायफायड)

ज्वरप्रधान रोगों में 'मियादी बुखार' लम्बे समत तक चलने वाली बीमारी है। इसकी मियाद 21 दिन, 35 दिन तक मानी गई है। और चूंकि इस रोग में अक्सर रोगी के शरीर पर (खासतौर पर गला, छाती, और पेट पर) बहुत बारीक सच्चे मोतियों के समान दाने उभरते हैं इसलिए इसे मोतीझारा भी कहते हैं। लेकिन कई बार ये दाने नहीं भी दिखाई देते। टायफायड एक विशेष जाति के कीटाणु से फैलता है। इसके कीटाणु पेट के रास्ते मुंह में पहुंचते हैं और आंतों पर अपना आक्रमण करके उनमें सूजन पैदा कर देते हैं।

टायफायड भी एक से दूसरे रोगी को संक्रमण करने वाली बीमारी है। इसलिए जब घर में किसी को टायफायड हो तो रोगी को अलग कक्ष में रखना चाहिए, उसके काम में आनेवाली चीजों को भी अलग कक्ष मे रखना चाहिए, उन वस्तुओं को कीटाणुनाशक दवाओं से साफ करके ही इस्तेमाल करना चाहिए। इस रोग में मक्खियों से काफी सावधानी बरतनी चाहिए। रोगी के

पाखाने पर बैठने वाली मक्खियों की टांगों पर असंख्य कीटाणु चिपट जाते हैं, फिर वे भोजन पर बैठकर उसे दूषित कर देती हैं। रोगमुक्त होने के बाद भी रोगी के शरीर से कीटाणु पूरी तरह नष्ट नहीं होते। ऐसा व्यक्ति दूसरों को रोग दे सकता है।

टायफायड ज्वर प्रत्येक आयु के व्यक्तियों को हो सकता है।

लक्षण—ज्वर होने के ताथ ही तबीयत गिरना, बदन में हड़फूटनी, सिरदर्द, कमर में दुखन होती है। कुछ वर्षों पूर्व जब टायफायड़ की औषधि का आविष्कार नहीं हुआ था तो यह रोग 3 से 4 सप्ताह तक लेता था। पहले सप्ताह में ज्वर 103° से 104° डिग्री तक पहुंचता था। ज़बान पर बीच में सफेद-सा मैल चढ़ा रहता है, किन्तु जीभ के किनारे लाल रहते हैं। रोगी के पेट में सख्ती, दुखन और अफारा भी हो सकते हैं। प्रायः कब्ज़ रहता है, लेकिन किसी-किसी रोगी को पतले दस्त भी होते हैं। पतली टट्टी होना अच्छा लक्षण नहीं माना जाता।

औषधि न देने पर दूसरे सप्ताह में उपरोक्त सभी लक्षण प्रायः तेज हो जाते हैं। रोगी को गफलत भी हो जाती है।

तीसरे सप्ताह ज्वर कम होना शुरू हो जाता है और सभी लक्षण हल्के पड़ जाते हैं। यदि रोगी को पतले दस्त होते हैं तो पेट जल्दी ठीक नहीं हो पाता, अफारा और दर्द बना रहता है।

चौथे सप्ताह दशा काफी सुधर जाती है, ज्वर बढ़ना बन्द हो जाता है, लेकिन कमज़ोरी काफी हो जाती है। अब धीरे-धीरे रोगी की भूख भी लौटने लगती है।

चिकित्सा—'क्लोरोमफेनिकल' नामक एण्टीबायटिक औषधि टायफायड ज्वर की एक सफल औषधि है जिसका आविष्कार अभी हाल में ही हुआ है। इन्हें आमतौर पर लोग टायफायड के कैप्स्यूल कहते हैं। लगभग एक सप्ताह या दस दिन में इस औषधि के सेवन से रोग काबू में आ जाता है। लेकिन इस औषधि का इस्तेमाल हमेशा डाक्टर की सलाह से और उसकी देखरेख में ही करना चाहिए।

'लू' का बुखार

'लू' के बुखार का सम्बन्ध न तो किसी कीटाणु से है और न छुत से। साथ ही लू लग जाने वाले रोगी को जो लक्षण पैदा होते हैं वे भी लू के गर्म थपेड़ों से नहीं होते, बल्कि शरीर पर सूरज की तेज किरणों के पड़ने से पैदा होते हैं। लेकिन लू लगने की बात इसलिए कही जाती है कि ऐसे केस उन्हीं दिनों होते हैं जिन दिनों लू चलती है। सूरज की गर्मी भी इन्हीं दिनों प्रखर होती है। बहुत तेज़ गर्मी के स्थानों में भी वही हालत बन सकती है जो लू लगने से पैदा हुई मानी जाती है। जैसे खानों के भीतर की गर्मी। नमी और सीलनदार इलाकों में लू और गर्मी लग जाने की सम्भावना बढ़ जाती है।

लू लग जाने के केस हर साल हमारे देश में काफी होते हैं। और बहुत व्यक्ति इसके प्रभाव से मर जाते हैं। लोग गांवों में लू के अधिक शिकार होते हैं क्योंकि उन्हें तेज़ धूप में भी खुले खेतों में काम करना पड़ता है।

शरीर पर खासतौर से सिर पर तेज गर्मी का असर होने से मस्तिष्क का गर्मी नियन्त्रण केन्द्र विशृंखलित हो जाता है। फलतः शरीर में अतिरिक्त रूप से गर्मी बढ़ जाती है। लू लगने वाले रोगी के लक्षण इस प्रकार होते हैं :

लक्षण—रोगी कमजोर और चिड़चिड़ा हो जाता है। शरीर से पसीना निकलना या तो बिल्कुल बन्द हो जाता है अथवा बहुत थोड़ा निकलता है। शरीर की त्वचा गर्म और खुश्क हो जाती है। बुखार 105° डिग्री या इससे भी ऊंचा पहुंचता है। कई बार इससे भी ऊंचा पहुंच जाता है। रोगी को बेहोशी हो सकती है।

चिकित्सा—लू लगे रोगी का ठण्डा इलाज किया जाता है। उसे ठण्डे पानी से नहला देना चाहिए, और सिर पर बर्फ रखनी चाहिए। यदि मुमकिन हो सके तो एनिमा लगाकर उसका पेट भी साफ करना चाहिए। बुखार 102° डिग्री आने तक रोगी का ठण्डा इलाज करना चाहिए। लू के रोगी को हमेशा ठण्डे और अंधेरे कमरे में रखना चाहिए, सादा पानी तथा बर्फ के पानी की नींबू की नमकीन शिकंजवीन खूब पिलाएं। जब रोगी की हालत ज़्यादा खराब हो, ज्वर बहुत तेज हो, आंखें चढ़ी-चढ़ीऔर बेहोशी हो तो तुरन्त डाक्टर को दिखाना चाहिए अथवा उसे अस्पताल भेज देना चाहिए।

रोकथाम—जिन व्यक्तियों को कभी लू लग चुकी हो, उन्हें खासतौर पर तेज धूप से बचाव रखना चाहिए। यदि धूप में बाहर आना-जाना या सफर करना पड़े, तो सिर पर टोपी, टोप अथवा पगड़ी पहनकर चलना चाहिए अर्थात् सिर को ढककर चलें। कहीं दूर जाना हो तो पेट भरकर पानी पीकर चलें, क्योंकि गर्मी में पसीना आ जाने से शरीर का काफी पानी और नमक बाहर निकलता रहता है, जिसकी पूर्ति ज़रूरी होती है। कब्ज़ नहीं रहने देना चाहिए; क्योंकि अक्सर यह देखा जाता है कि जिन्हें लू असर करती है, उनके पेट बहुत गन्दे मिलते हैं। कब्ज़ की हालत में लू के असर की सम्भावना अधिक रहती है।

भ्रम-धारणाएं—आम लोगों में यह धारणा प्रचलित है कि यदि जेब में प्याज़ रखकर गर्मी में सफर किया जाए तो लू का असर नहीं होता—लेकिन यह धारणा अवैज्ञानिक है। लू का प्याज़ के साथ कोई सम्बन्ध नहीं होता। कच्चे आम को भुलभुलाकर और उसका पना बनाकर लू के रोगी को देने की बहुत लोग सिफारिश करते हैं, किन्तु यह इलाज भी विज्ञानसम्मत नहीं है। कच्चे आम के भीतर कोई ऐसा तत्त्व नहीं होता जो शरीर से लू की गर्मी को हर ले, इसलिए इन टोटके-चुटकुलों के फेर में नहीं पड़ना चाहिए।

चेचक

चेचक को बड़ी माता के नाम से भी पुकारा जाता है। अंग्रेजी में इसे 'स्माल पाक्स' कहते हैं। यह रोग वीरस जाति के कीटाणु से पैदा होने वाला रोग है। चेचक में बुखार के साथ एक खास तरह की फुन्सियां निकलती हैं जो बाद में रोगी के बदन पर गढ़ेनुमा निशान छोड़ जाती हैं। किसी समय में यह रोग वहुतायत से होता था लेकिन टीके की व्यवस्था से इसपर बहुत काबू पा लिया गया है। चेचक भयानक रूप से छत की बीमारी है। रोगी के मर जाने के बाद भी रोग दूसरे को लग सकता है।

लक्षण—शुरू में रोगी को एकाएक बुखार होता है। किसी-किसी रोगी के पेट और जांघों पर लाल चकत्ते से पैदा हो जाते हैं। ये चकत्ते चेचक की खास फुन्सियों के निकलने पर गायब हो जाते हैं। बुखार के साथ ही अक्सर सिरदर्द, के और कमर में दर्द होने की शिकायतें पैदा हो जाती हैं। किसी-

किसी रोगी के गले में जख्म भी हो जाते हैं। ज्वर की तेजी से रोगी का शरीर जलता हुआ-सा अनुभव होता है। ज्वर 104° या 105° डिग्री तक पहुंच जाता है। तीन-चार दिन बाद फुन्सियां अथवा उभरे हुए चकत्ते से निकलने प्रारम्भ हो जाते हैं और ज्वर घटने लगता है। प्रायः पांचवें दिन इनमें पानी भर जाता है। इन फुंन्सियों का आकार गोल होता है किन्तु बीच में दबी हुई होती हैं। इनके किनारे लाल और सूजे हुए रहते हैं। अगले तीन दिनों में इनका पानी काभी गाढ़ा पड़ जाता है। कई बार जब रोग का ज़्यादा जोर होता है तो चेहरे पर बहुत सूजन आ जाती है और रोगी की आंखें नहीं खुल पातीं। प्रायः दसवें दिन से दानों का पानी सूखना शुरू हो जाता है। पहले चेहरे के दाने सूखते हैं और फिर क्रमशः हाथों, पैरों और पेट के दाने मुरझाते हैं। चौदहवें दिन तक खुश्क होकर इनपर खुरण्ड आने लगता है। तेईसवें दिन के बाद ये खुरण्ड गिरने शुरू होते हैं। जिस जगह से खुरण्ड छूटता है वहां की जिल्द का रंग कुछ स्याही लिए हुए लाल-सा होता है और अन्त में छोटे-छोटे गढ़े और दागों के रूप में चेचक अपना स्थायी निशान छोड़ जाती है। जिस समय दाने अपने पूरे जोर से शरीर पर फैले हुए होते हैं, उस समय 2-3 दिन के लिए बुखार भी 104°-105° डिग्री तक बना रहता है।

बड़े आदमी को मर्ज की हालत में बराबर कब्ज़ रहता है। लेकिन बच्चों को शुरू में दस्त हो जाते हैं। कई बार जब मर्ज की हालत बिगड़ी रहती है तो दाने बहुत मोटे और पास-पास होते हैं तथा आपस में मिलकर फैल जाते हैं। इस हालत में ज्वर और भी तेज हो जाता है। मरीज गफलत में रहता है। प्रायः ऐसे रोगी बच नहीं पाते।

कभी-कभी दाने आंख, नाक और मुंह के भीतर भी निकलते हैं, लेकिन रोग की सबसे बुरी दशा तब आती है जबकि जिल्द के नीचे अथवा और कहीं भी खून चूने लगता है।

चेचक का टीका लगने के बाद भी जब रोग का हमला होता है तो वह बहुत हल्का होता है। भले ही ज्वर तेज़ रहे किन्तु दाने और दूसरे लक्षण बहुत हल्के रूप में होते हैं। साथ ही रोग बहुत कम समय तक टिकता है।

इलाज—चेचक के लिए अभी तक किसी खास दवा का आविष्कार नहीं हो पाया है। इसलिए रोगी की सेवा, सफाई और एहतियात ही इसका इलाज

माना जाता है।

चेचक के रोगी को या तो अस्पताल भेज देना चाहिए या फिर उसे बिल्कुल अलग रखना चाहिए। सबसे अच्छा तो यही होता है कि उसके लिए एक छप्पर की झोंपड़ी अलग तैयार कर दी जाए। यह झोंपड़ी रिहायशी मकानों से कुछ दूर किसी पेड़ के नीचे हो। फिर रोगी के आराम होने या मरने के बाद मय रोगी के कपड़े-लत्तों और दूसरे सामान के साथ छप्पर की झोपड़ी में आग लगा देनी चाहिए। क्योंकि रोगी के इस्तेमाल में आई हुई हरेक चीज़ संक्रामक हो जाती है, जिससे रोग फैलता है। यहां तक कि दानों पर से उतरे सूखे खुरण्ड भी भारी रूप से संक्रामक होते हैं। किसी समय में धूर्त साधु और भगत लोग इन सूखे खुरण्डों को इकठ्ठा करके अपने पास रखते थे, और बताशे में रखकर किसी भी बच्चे को खिला देते थे। फिर उस बच्चे के घर जाकर उसके माता-पिता से कहते थे कि तुम्हारे घर माता मैया दर्शन देने वाली है। कुछ दिन बाद जब बच्चे को चेचक निकल आती थी तो फिर इन धर्मों की चांदी बनती थी।

वस्तुतः—चेचक के रोग में सफाई का भारी महत्त्व है। अगर सफाई न रखी जाए तो गन्दगी के कारण मरीज मर सकता है। लेकिन दुर्भाग्य से हमारे देश के गांवों में सफाई की तरफ कोई ध्यान नहीं दिया जाता। ग्रामों में चेचक के मरीज के बिस्तर पर राख बिछाकर उसपर रोगी को लिटा देते हैं। इसे परले दर्जे की मूर्खता के अतिरिक्त और क्या कहा जा सकता है।

वास्तव में रोगी के बदन को कीटाणुनाशक जल के घोल में तौलिया भिगोकर रोजाना साफ करना चाहिए। रोगी के बिस्तर की चादर रोज बदलनी चाहिए ; ऐसा इन्तजाम करना चाहिए कि मक्खियां रोगी के पास न आएं। एक कटोरी पानी में एक चुटकी बोरिक एसिड डालकर रोगी की आंखें प्रतिदिन धोनी चाहिए। जल-भरे दाने जब सूखने लगें तो उनपर वैसलीन लगा देना चाहिए। इससे बाद में रहने वाले दाग बहुत हल्के पड़ जाते हैं। रोगी को आराम मिलता है॥

रोकथाम के उपाय—(1) बचपन में हर बच्चे को चेचक का टीका लगवाना चाहिए; चेचक रोकने का यही एक मात्र उपाय है। इस टीके के आधार पर कई यूरोपीय देशों में अब चेचक का रोग नहीं होता। कुछ बहुत पिछड़ी

जातियों में जहां टीके नहीं लगते, ऐसा देखा गया है कि चेचक में उनके गांव के गांव तबाह हो गए। (2) जैसाकि ऊपर बताया जा चुका है चेचक के रोगी को बिल्कुल अलग रखना चाहिए। जहां तक हो सके उसकी परिचर्या में ऐसी स्त्री या पुरुष रखना चाहिए जिसे एक बार चेचक निकल चुकी हो, एक बार होने के बाद दुबारा चेचक नहीं होती।

टीका—चेचक का टीका लगवाने से कोई नुकसान नहीं होता। बच्चे को छः महीने की उम्र तक टीका लगवा देना चाहिए; फिर एक सात वर्ष की आयु में लगवा देना अच्छा रहता है। इसके बाद भी अगर 7-8 साल के अन्तर से लगवा दिया जाए तो कोई हानि नहीं होती। हमारे देश में टीका लगवाने के लिए सर्दी का मौसम सबसे अच्छा रहता है। इधर चेचक गर्मी के मौसम में निकलती है। बारिश होने पर प्रायः यह रोग नहीं होता।

टीका लगने के अगले दिन उस जगह पर लाल गोल चकत्तासा उभर आता है। पांचवें दिन उस स्थान पर बारीक-बारीक पानी-भरे दाने पैदा हो जाते हैं। आठवें दिन तक टीके पूरी तरह उठ आते हैं। हर टीके के चारों तरफ के किनारे लाल और उठे हुए रहते हैं तथा पानी-भरी पपड़ी के बीच एक गढ़ा-सा पड़ा रहता है। वस्तुतः टीके का यह उठान चेचक की फुन्सी के समान ही होता है। टीके के दौरान बच्चे को बुखार भी हो सकता है। किसी-किसी बच्चे की बांह सूज भी जाती है एवं बगल की गिल्टियां फूल जाती हैं। लगभग ग्यारहवें दिन टीके सूखकर उनपर खुरण्ड आ जाता है। बीसवें दिन तक खुरण्ड सूखकर गिर जाता है। टीके का दाग हमेशा के लिए स्थायी हो जाता है।

ऊपर लिखे मुताबिक अगर टीके न उठे तो समझना चाहिए कि टीके ठीक नहीं लगे और उनका कोई प्रभाव शरीर में नहीं होगा; ऐसी हालत में टीके दुबारा लगवाने चाहिए।

गांव के लोग आज भी अपने बच्चों को चेचक के टीके लगवाने से डरते हैं। लेकिन उन्हें समझना चाहिए कि टीका चेचक से पूर्ण सुरक्षा देता है।

खसरा

'खसरा' छः मास की आयु से पांच साल की उम्र तक के बच्चों कि होने

वाला एक आम रोग है। अंग्रेजी में इसे 'मिजिल्स' कहते हैं। यूं खसरा सिर्फ चार-पांच दिन का रोग होता है, लेकिन शायद, इससे अधिक छूत का रोग दूसरा नहीं होता। यही कारण है कि घर में एक बच्चे को खसरा निकलने के बाद दूसरों को भी निकलता है। 'खसरा' कोई खतरनाक बीमारी नहीं है लेकिन इसमें निमोनिया जैसे उपद्रव शामिल होकर रोग को पेचीदा बना देते हैं। प्रायः खसरा के रोगी बच्चों को न्यूमोनिया हो जाता है।

लक्षण—रोग का प्रारम्भ एकाएक जुकाम से होता है। साथ ही बुखार भी होता है जो लगभग 102° डिग्री तक पहुंच जाता है। नाक से खूब पानी बहता है और आंखें सुर्ख पड़ जाती हैं। रोगी बच्चा अंधेरे में रहना पसन्द करता है; साथ ही उसे खुश्क और तेज़ खांसी रहती है। प्रायः चौथे या तीसरे दिन खसरा के लाल-लाल चकत्ते निकलने प्रारम्भ होते हैं। ये निशान पहले माथे पर तथा कान के पीछे दिखाई देते हैं और फिर तेजी से पेट, छाती, कमर तथा टांगों पर फैल जाते हैं। इस समय मर्ज अपने पूरे जोर पर होता है। ज्वर 103° डिग्री तक पहुंच जाता है। बच्चे की बेचैनी, परेशानी बढ़ी हुई होती है। 24 से 36 घण्टे के भीतर ये चकत्ते हल्के पड़ने शुरू हो जाते हैं। एक-दो दिन में बिल्कुल छिप जाते हैं। साथ ही ज्वर भी उतर जाता है।

परन्तु उपद्रवस्वरूप जब खांसी का प्रभाव फेफड़ों और श्वासनलिका तक पहुंच जाता है तो तेज़ खांसी या न्यूमोनिया बन जाता है। न्यूमोनिया होने पर ज्वर जल्दी नहीं उतरता।

इलाज—चेचक की तरह खसरा की भी कोई खास दवा नहीं होती; इसलिए इस रोग में दवा देने का रिवाज ही नहीं है। परन्तु यदि बच्चे को न्यूमोनिया हुआ है तो ज़रूर ही उसका इलाज करना चाहिए। यदि इलाज नहीं कराया जाता तो न्यूमोनिया बढ़कर बच्चे की जान ले लेता है। आजकल 'एण्टीबायटिक्स' औषधियां निमोनिया को बहत जल्दी काबू कर लेती हैं।

सावधानी—रोगी को एक सप्ताह या दस दिन तक पूरा आराम देना चाहिए। उसे हमेशा दूसरे बच्चों से अलग किसी एकान्त कमरे में रखना चाहिए। वहां हवा की दरगुजर अच्छी होनी चाहिए। यह रोग शुरू से ही संक्रामक होता है और चकत्ते छिपने के पांच-छः दिन बाद तक छूत लगने का खतरा रहता है। जिन स्वस्थ बच्चों को जुकाम हो रहा हो वे रोगी के सम्पर्क से

जल्दी रोग पकड़ जाते हैं। अतः घर में इसकी यथासम्भव सावधानी बरतनी चाहिए।'

रोगी बच्चे के बिस्तर तथा दूसरे कपड़ों को धोबी के यहां धुलवाकर इस्तेमाल करें। दूसरी वस्तुओं को कीटाणुनाशक औषधि के जल में साफ करके प्रयोग में लाएं।

जहरवाद

जहरवाद का अर्थ है सारे खून में कीटाणुओं का विष फैल जाना। जैसे शरीर के किसी भाग में बहुत बड़ा फोड़ा निकल आए अथवा कहीं अन्दर ही अन्दर मवाद पड़ जाए और कीटाणुओं का विष खून में फैल जाए तो यह दशा जहरवाद कहलाती है। बच्चा होने के पश्चात् स्त्रियों को अक्सर जहरवाद हो जाता है, क्योंकि प्रसव के बाद स्त्रियों के गर्भाशय की हालत प्रायः एक खुले जख्म के समान होती है। उसमें रोग-कीटाणुओं का प्रवेश आसानी से हो जाता है। हमारे समाज में ऐसे अवसरों पर बहुत कम सफाई और सावधानी बरती जाती है। प्रायः अशिक्षित परिवारों में इस मौके पर घर में बेकार समझे जाने वाले गन्दे कपड़े इस्तेमाल किए जाते हैं। जिनके द्वारा कीटाणु-संक्रमण हो जाता है। पहले जहरवाद से बहुत लोग मरते थे। लेकिन अब सल्फाड्रग्स एवं 'एण्टीबायटिक' औषधियां बहुत जल्दी रोग को काबू कर लेती हैं।

जहरवाद की दशा में प्रायः सर्दी लगकर ज्वर होता है जो खून में पहुंची हुई विष की मात्रा पर निर्भर रहता है। असर हल्का हो तो बुखार 101° या 102° डिग्री तक हो जाता है लेकिन तेज़ असर होने पर 104°-105° डिग्री तक पहुंचता है। रोगी को खुश्की और प्यास बहुत रहती है। पसीना काफी आता है। कभी-कभी के हो जाती है। ऐसी हालत में फौरन डाक्टर को दिखाना चाहिए अथवा रोगी को अस्पताल भेज देना चाहिए।इस रोग में किसी घरेलू उपचार की गुंजाइश नहीं होती। अलबत्ता रोगी के कपड़े-लत्तों की सफाई एवं सेवा-सुश्रूषा पर विशेष ध्यान दें।

जच्चा रोगिणियों को हमेशा साफ कपड़े इस्तेमाल करने के लिए दें; उनकी सेवा में रहने वाली दाई भी स्वच्छ तथा सफाई का ध्यान रखने वाली

होनी चाहिए। ज़हरवाद के इलाज में लापरवाही करने से रोगिणी मर सकती है।

न्यूमोनिया

पिछले युगों में न्यूमोनिया एक घातक रोग था। इसमें प्रायः रोगी मर जाते थे। लेकिन जब से एण्टीवायटिक्स और 'सल्फाड्रग्स' का आविष्कार हुआ है, तब से मानो न्यूमोनिया की लगाम हाथ में आ गई है। अब कोई बिरला रोगी ही इस रोग से मरता है। आंकड़ों के मुताबिक 20 में से 19 रोगी ठीक हो जाते हैं। यह एक रोगी भी शायद इसलिए मरता है कि वह कदाचित् देर से इलाज शुरू करता है अथवा वह बेहद कमज़ोर होता है। पहले न्यूमोनिया का रोगी आठ-दस दिन तक कष्ट पाता था, परन्तु अब इन नवाविष्कृत औषधियों ने इस रोग की मियाद भी घटा दी है; अब रोगी 3-4 दिन में ही रोगमुक्त हो जाता है।

लक्षण—न्यूमोनिया में एकाएक पसलियों में दर्द शुरू होता है, जिसके कारण रोगी को खांसना और सांस लेना कठिन हो जाता है। इसके साथ ही तेज़ बुखार होता है, खांसी रहती है, श्वास-प्रश्वास की गति बढ़ी रहती है। काफी खांसने पर रोगी को मामूली-सा बलगम निकलता है। न्यूमोनिया का हमला फेफड़ों पर होता है। जब रोग का असर दोनों फेफड़ों पर होता है तो उसे डबल न्यूमोनिया कहा जाता है। प्रायः फेफड़ों में सर्दी बैठ जाने के कारण इस रोग का आक्रमण होता है। न्यूमोनिया संकामक होता है। जल्दी ही एक से दूसरे व्यक्ति को लग जाता है।

इलाज—न्यूमोनिया के इलाज में कभी देर नहीं करनी चाहिए, अन्यथा रोग बढ़कर अधिक कष्टदायक हो जाता है। यहां हम इस बात को भी स्पष्ट करना चाहेंगे कि वैद्यक, यूनानी इलाज अथवा होमियोपैथी में न्यूमोनिया का इलाज इतना सरल नहीं होता, जितना नवाविष्कृत एण्टीवायटिक्स द्वारा।

कई बार न्यूमोनिया का रोग दूसरे रोगों के साथ अथवा उनके उपद्रवस्वरूप भी हो जाता है। इन्फ्लुएन्ज़ा बिगड़कर न्यूमोनिया का रूप ले लेता है ; तथा दूसरे स्वास-नलिकाओं के रोग न्यूमोनिया में बदल जाते हैं।

सावधानी—यह रोग सर्दी के मौसम में भी होता है लेकिन खासतौर पर मौसम बदलने के समय होता है। फाल्गुन और चैत में जब ऋतु-परिवर्तन होता है तब न्यूमोनिया ज़्यादा होता है।

हालांकि न्यूमोनिया में फौरन ही रोगी को कोई खतरा नहीं होता, किन्तु डाक्टर को जल्दी दिखाना चाहिए और रोगी की हिफाजत करनी चाहिए। उसे गर्म लेकिन हवादार कमरे में रखें। न्यूमोनिया के रोगी को शुद्ध वायु की खास ज़रूरत रहती है। हवा रोगी को हानि करेगी ऐसी शंका नहीं करनी चाहिए। छाती और पसलियों में अधिक पीड़ा होने पर सफेद तेल (लिमिमैण्ट टरपैण्टाइन) की मालिश करके वहां रूई से सिंकाई कर देनी चाहिए। गर्म दूध, गर्म चाय और कॉफी अथवा गर्म पानी में एक-दो चम्मच ब्रांडी देने से रोगी को राहत मिलती है।

प्लूरिसी

यह रोग भी न्यूमोनिया की जाति का ही रोग है, बल्कि इसे न्यूमोनिया का भाई कहना ही ज़्यादा उपयुक्त होगा। इसमें सारे लक्षण न्यूमोनिया के समान ही होते हैं। यहां तक कि बहुत बार न्यूमोनिया और प्लूरिसी में अन्तर करना कठिन हो जाता है। वस्तुतः न्यूमोनिया में जहां रोगाक्रमण फेफड़ों पर होता है, वहां प्लूरिसी में सिर्फ फेफड़ों को ढकने वाली झिल्ली सूजती है। रोगी को श्वास लेने और खांसने में न्यूमोनिया के समान ही कष्ट होता है।

संयोग से न्यूमोनिया और प्लूरिसी का इलाज लगभग एकसा ही होता है। प्लूरिसी में भी एण्टीबायटिक औषधियां काम में लाई जाती हैं और लाभ करती हैं।

कई बार लापरवाही से ये रोग पुराने पड़कर फेफड़ों की टी० बी० में बदल जाते हैं।

उदर रोग

उदर रोग मुख्यतः पाचन-विभाग से सम्बन्ध रखते हैं। उदर रोग कीटाणुओं के कारण भी होते हैं लेकिन इनका 80 फीसदी कारण गलत खानपान और खानपान के नियमों की अनियमितता होती है।

अजीर्ण

अजीर्ण शब्द का अर्थ है बदहज़्मी। परन्तु यह शब्द बहुत व्यापक है। मामूली खट्टी डकार से लेकर उग्र आन्त्रशोध तक के रोग अजीर्ण के दायरे में आ जाते हैं। वस्तुत: बहुत मर्तबा बदहज़्मी कोई सिलसिलेवार रोग न होकर एक दशा विशेष के रूप में प्रकट होती है, जैसे भोजन से अरुचि हो जाना। परन्तु इस छोटी-सी पुस्तिका में सभी सम्भव दशाओं का एवं सम्भावित रोगों का वर्णन देना बड़ा कठिन है। अतः हम संक्षेप में सामान्य विकारों को ही ले रहे हैं।

छाती की जलन

बदहज़्मी के कारण जब पेट (आमाशय) में खट्टापन (अम्ल) बढ़ जाता है तो उस खटाई की गर्मी छाती के बीच से गुज़रने वाली अन्ननलिका में मालूम पड़ती है। (अन्ननलिका का वर्णन पाठक पीछे पढ़ चुके हैं) छाती की जलन की शिकायत बाज़ मर्तबा स्थाई रूप से रहने लगती है और प्रायः अस्थायी रूप से भी उत्पन्न होती है। आगे चलकर यही खट्टा माद्दा और गर्मी मुंह में छाले पैदा कर देती है जिसका वर्णन पाठक पिछले अध्याय में पढ़ चुके हैं।

इस स्थिति का इलाज बहुत साधारण है। भोजन में घी या तेल में तली हुई वस्तुएं मत खाइए; फलों के रस अथवा ताज़े पानो में नीबू निचोड़कर पिएं, या ठण्डे पानीं में एक चुटकी सोडा बाईकार्ब घोलकर पी लेने से छाती की जलन शान्त हो जाती है। जलन कुछ अधिक समय से रहती हो तो एक-दो समय के भोजन का उपवास कर देने से बहुत जल्दी लाभ होता है।

गैस बनना

अजीर्ण के उपद्रवस्वरूप ही पेट में गैस बनती है। गैस पैदा होने की भी अनेक दशाएं होती हैं; जैसे मामूली-सी हवा आंतों में पैदा हो जाए, और थोड़ी देर बाद वह अधो-मार्ग से निकल जाए। इस स्थिति में पेट में मामूली भारीपन से अधिक और कोई कष्ट नहीं होता। साधारण से अधिक हवा बनकर यदि अधोमार्ग से न निकले, तो ज़्यादा परेशानी और कई मर्तबा दर्द भी अनुभव होता है। लेकिन यह गैस का विकार जब ज़्यादा बिगड़ा हुआ रूप

धारण कर लेता है तो लक्षण भी वहुत उग्र बन जाते हैं। जैसे—सिर चकराना, दिल की धड़कन बढ़ी हुई महसूस होना, घबराहट और पसीना छूटना, उदर अथवा शरीर के किसी दूसरे भाग में दर्द महसूस होना। ऐसी दशा में निश्चय ही रोगी परेशान होता है। कभी वह दिल के दौरे का सन्देह करता है, कभी ऊंचे रक्तचाप का।

वस्तुतः गैस की उस्पत्ति हमेशा सड़न की क्रिया से होती है। प्रांतों में भी कोई ऐसा स्थल बन जाता है जहां सड़न पैदा होती है। यह स्थल जितना बड़ा और गन्दा रहता है उतनी ही अधिक गैस बनती है और उतने ही अधिक उग्र लक्षण भी होते हैं।

गैस के विकार दूर करने में कोई भी औषधि अधिक सफल नहीं होती। कुछ औषधियां अस्थायी लाभ दिखाकर रह जाती हैं। गैस के विकार हमेशा ही खानपान की सावधानी और स्वास्थ्य नियमों के पालन से ठीक होते हैं। इन सावधानियों के अनुसार :

- प्रातःकाल शौच जाने से पहले ताजे पानी में एक नीबू निचोड़कर पीना चाहिए। नीबू से आंतों की अम्लता दूर होती है और गैस बनना कम हो जाता है। शौध साफ होकर कब्ज़ा दूर होना है। फलतः सड़न के स्थल में सुधार होता है।

- चाय का सेवन बन्द कर देना चाहिए; चाय अतिरिक्त रूप से गैस पैदा करती है। चाय में दानेदार सफेद चीनी का भी प्रयोग होता है। चीनी अधिकाधिक सड़न पैदा करके गैसों को प्रोत्साहन देती है। चीनी के स्थान पर, गुड़ या बूरा इस्तेमाल करना चाहिए। ये दोनों वस्तुएं बन्द कर देने से गैसों में काफी लाभ की आशा की जा सकती है।

- जैसाकि ऊपर कहा जा चुका है घी या तेल में तले हुए खाद्य जैसे—पूरी, परांठा, कचौड़ी, पकौड़ी तथा हलवाई के यहां की मिठाइयां बन्द कर देनी चाहिए-तले हए खाद्य हमेशा देर से हजम होते हैं—वे बहुत देर तक पेट में पड़े रहते हैं। इन्हें पचाने में पाचन-संस्थान की अतिरिक्त शक्ति खर्च होती है।

- गैस के रोमी को दालें भी नहीं खानी चाहिए, क्योंकि दालों मैं घटिया किस्म के प्रोटींन्स होते हैं और ये भी बहुत देर से हज़म होने के कारण अधिक

गैस बनाती हैं।

● अच्छे पाचन की दृष्टि से प्रत्येक समय के भोजन में कम से कम 5 घन्टे का अन्तर रखना चाहिए। इससे पेट हल्का रहता है और गैस बनना बहुत कम हो जाता है। शाम का भोजन अधिक रात गए नहीं करना चाहिए।

● यदि शौच साफ न होता हो तो कब्ज़नाशक उपायों से (औषधियों से नहीं) काम लेना चाहिए।

● योगासनों के व्यायाम पाचन सुधारने और गैस दूर करने में बहुत सहायता करते हैं; अतः योग्य शिक्षक से अथवा अच्छी पुस्तकें पढ़कर आसन-व्यायाम का अभ्यास करना चाहिए।

● मांसासार विशेष रूप से गैस बढ़ाने के लिए उत्तरदायी होता है, अत: गैस के रोगियों को बिल्कुल मांसाहार छोड़ देना चाहिए। मांस बनाने में विशेष रूप से तेज मिर्च-मसालों का इस्तेमाल किया जाता है जो पाचन की हालत को और बद से बदतर बना देते हैं। अधिक मिर्च-मसालों का प्रयोग शाक-सब्ज़िओं में भी नहीं करना चाहिए।

● शाक-सब्ज़ियां हमेशा कम पकी हुई खानी चाहिए, अधिक पकाने एवं अग्नि पर उनके अधिक संस्कार करने से उनके पोषक तत्त्व नष्ट हो जाते हैं।

उपरोक्त खानपान एवं स्वास्थ्य नियमों की ओर ध्यान देने से पेट की गैस के विकारों को एवं अजीर्ण सम्बन्धी दूसरे विकारों को आसानी से दूर किया जा सकता है।

कब्ज

आज के युग में कब्ज़ की शिकायत बहुत आम हो चली है। कब्ज़-पीड़ित लोगों की संख्या आज संसार के सभी देशों में बढ़ी हुई है। वैसे कब्ज़ को कोई रोग नहीं माना गया है बल्कि हसे शरीर की एक दशा विशेष ही कहा जाता है। कई बार कब्ज़ दूसरे रोगों के लक्षणस्वरूप भी होता है। बहरहाल कब्ज़ चाहे जिस रूप में हो शरीर को इससे बुनियादी नुकसान पहुंचता है। जैसे किसी मोहल्ले में कोई अड्डा कायम हो जाता है तो वहां ज़ुआरी, चोर, शराबी, व्यभिचारी, हत्यारे और डाकू आदि सभी तरह के बदमाशों की आमदरफ्त हो

जाती है। कब्ज भी शरीर में एक बुरे अड्डे के समान होता है। जो अनेक रोगों की आकर्षित करता है और आश्रय देता है। पाचन-सम्बन्धी रोग ज़्यादातर कब्ज़ के कारण ही होते हैं।

कब्ज़ की दशा में पाखाना साफ नहीं होता, मल सूखा और कम तादाद में निकलता है। ऐसी हालत बड़ी आंतों की सुस्त क्रिया के कारण बन जाती है। इसलिए मल वहां रुक जाता है और खुश्क पढ़ जाती है; फलतः वह देर से निकलता है।

खानपान की अनियमितता ही मुख्य रूप से कब्ज़ की दशा के लिए उत्तरदायी होती है। पिछले अजीर्ण के अध्याय में उल्लिचिन्ता, उत्साहहीनता आदि मानसिक भावनाएं भी कब्ज़ का कारण होती हैं। कब्ज़ की दशा में भूख कम हो जाती है, पेट भारी रहता है; कई लोगों के मुंह से दुर्गन्ध आती है। सिरदर्द भी होता है, अनेक व्यक्तियों में कब्ज़ कमर में भी दर्द पैदा कर देता है।

स्वाभाविक रूप से प्रतिदिन एक या दो बार शोच होना चाहिए। शौच बंधा हुआ और हल्के पीले रंग का होना चाहिए; खुलासा शोच होने पर शरीर हल्का रहता है। पतला शौच होना अजीर्ण का लक्षण होता है।

ओषधियो का इस्तेमाल कब्ज़ का सही इलाज नहीं है। कब्ज़ हमेशा ही नियमत जीवन, नियमत खानपान और हल्के व्यामम से दूर होता है।

पीछे अजीर्ण के अध्याय में लिखे गए स्वास्थ्य नियम कब्ज़ दूर करने में पूरी सहायता करते हैं। कब्ज़ के रोगी को नियमित रूप से ठीक समय पर शौच के लिए बैठना चाहिए। इस नियम के पालन से आंतें हरकत करने और मल लाहर फेंकने की अभ्यस्त होने लगती हैं

मौसमी अतिसार

गर्मी के मौसम में कई बार लोगों को पतले दस्त ही जाते हैं। वयस्क लोगों की अपेक्षा ये बच्चों को अधिक होते हैं। गर्मी का प्रभाव आंतों पर होने के कारण आंतों की झिल्ली उत्तेजित हो जाती है। ये दस्त किसी रोग कीटाणु के संक्रमण से नहीं होते अपितु केवल सौसम के प्रभाव से होते हैं। इन दिनों नया अनाज (गेहूं, चना आदि) खाने में आता है। ये काफी गरम होते हैं और आंतों की गर्मी बढ़ाकर

दस्त ले आते हैं। यह गर्मी कभी-कभी मुंह तक भी प्रभाव दिखाती है और मुंह में छाले हो जाते हैं।

गर्मी के दस्त कभी ढीले और कभी पतले होते हैं। वस्तुतः इन मौसमी दस्तों की चिन्ता नहीं करनी चाहिए। सामान्य घरेलू उपचारों से इनमें लाभ हो जाता है।

1. मौसमी दस्तों की हालत में दाल-रोटी न खाकर दही के साथ चावल या खिचड़ी खानी चाहिए।

2. ज़्यादा खराक तरल रूप में लेनी चाहिए, जैसे नीबू की नमकीन शिकंजवीन, मौसमी और सन्तरे का रस, दही की लस्सी।

3. छः-छः माशे लवण भास्कर चूर्ण दही में मिलाकर खाने से अच्छा लाभ होता है। यह मात्रा जवान आदमी के लिए है। बच्चों को अपेक्षाकृत कम दें।

4. दोपहर में आराम के समय, ठण्डे पानी में भिगोया हुआ मोटा तौलिया पेट पर दो घण्टे रखने से पेट की गर्मी बहुत शान्त हो जाती है।

5. दस्तों की हालत में दूध नहीं पीना चाहिए।

कुछ दूसरे अतिसार-प्रधान रोग

गर्मी के मौसम में कुछ दूसरे अतिसार-प्रधान रोग भी हो जाते हैं, जैसे हैज़ा और आन्त्रशोथ। आन्त्रशोथ किसी दूसरे मौसम में भी हो सकता है किन्तु हैज़ा हमेशा ही गमी की ऋतु में होता है। हैज़ा और आन्त्रशोथ (गैस्ट्रोएण्ट्राइटीज़) के बहुत कुछ लक्षण मिलते-जुलते हैं—जैसे दोनों ही रोगों में कै और दस्त होते हैं। प्रायः दोनों रोगों में पेट में दर्द होता है। दोनों रोगों में प्यास ज़्यादा लगती है। लेकिन फिर भी दोनों रोग अलग-अलग हैं। उनके कारण भी अलग-अलग हैं। कई बार लोग आन्त्रशोथ को हैज़ा समझकर घबरा जाते हैं। हैज़ा वास्तव में एक खतरनाक रोग होता है लेकिन आन्त्रशोथ घातक नहीं होता।

हैज़े के लक्षण—हैज़ा 'कामवैसलस' नामक कीटाणु के कारण होता है। हैज़े के रगी को चावलों के मांड़ की तरह के गाढ़े-से सफेद दस्त होते हैं, और के में सफेद पानी-सा निकलता है। पेशाब बन्द हो जाता है, तथा पेट

और टांगों में ऐंठनी होने लगती है। अधिक कै, दस्तों के कारण शरीर का पानी (जलीय अंश) कम हो जाता है और रोगी हवा निकले गुब्बारे की तरह पटकने लगता है। आंखें कुछ अन्दर को धंस जाती हैं, शरीर ठण्डा और पील-सा पड़ने लगता है। रोगी को बेहद प्यास लगती है। हाथ-पैर ठण्डे पड़ने लगते हैं।

आन्त्रशोथ के लक्षण— इसके रोगी को 'कै' सफेद नहीं होती: पहले उनमें खाना-पीना और फिर कड़वा और खट्टा पानी निकलता है। हैज़े के रोगी को 'कै' जल्दी-जल्दी और ज़्यादा होती हैं जबकि आन्त्रशोथ वाले को पेट का खाना निकल जाने के बाद बहुत थोड़ी और कभी-कभी ही उल्टी आती है।

हैज़े के दस्त जहां चावल के मांड के समान होते हैं: आन्त्रशोथ में पहले मल निकालता है, फिर गन्दा, मैला और बदबूदार पानी आता है जिसमें छिछड़े-से होते हैं। आन्त्रशोथ के रोगी को ज्वर हो जाता है, हैज़े के रगी का तापक्रम गिर जाता है।

कारण—हैज़े का कारण जहां मुख्य रूप से कामा कीटाणु होता है वहां आन्त्रशोथ के कई कारण हो सकते हैं। संक्षेप में वे सभी कारण जिनसे आंतों में उत्तेजना पैदा होकर के और दस्त होते हैं आत्रशोथ के लिए उत्तरदायी होते हैं। भोजन से पैदा हुआ विष (फूड पायज़निंग), गर्मी का असर भी कै, दस्त पैदा कर देता है।

उपचार—इन दोनों रोगों का उपचार अलग-अलग ही होता है। हैज़े का सन्देह होते ही रोगी को अस्पपतात में पहुंचा देना चाहिए: क्योंकि हैज़े का इलाज़ आसान नहीं होता। इसमें शरीर से निकले जल की पूर्ति के लिए नसों के जरीये नमक और ग्लूकोज़ मिला पानी चढ़ाया जाता है,जो अधिकतर अस्पताल में ही सम्भव हो सकता है। इसके अलावा हैज़ा चूंकि बहत छत का रोग होता है अतः घर पर रखने से रोग दूसरे व्यक्तियों को लगने का भारी खतरा रहता है। साथ ही हैज़े का रोग बहुत जल्दी बढ़कर रोगी को दबा लेता है, इसलिए रोगी को अस्पताल पहुंचाने में देर नहीं करनी चाहिए।

कई बार लोग घरेलू इलाजों से हैज़े को रोकने का यत्न करते हैं और टोटके-चुटकुलों की दवाइयां देना शुरू कर देते हैं, जैसे—प्याज़ और अदरक का रस, पोदीने का पानी, अमृतधारा आदि, लेकिन रोग पर इन चुटकुलों का

कोई असर नहीं होता। ऐसा करना वास्तव में रोगी की ज़िन्दगी से खिलवाड़ करना होता है।

"हैज़े के रोगी को पानी नहीं पिलाना चाहिए" ऐसी धारणा आम लोगों में पाई जाती है। यह बड़ी गलत और अवैज्ञानिक धारणा है। इस गलती से बहुत-से रोगी मर जाते हैं। एक साथ बहुत-सा पानी न देकर रोगी को घूंट-घूंट बरफ का पानी पिलाएं।

रोकथाम और सावधानी—हैज़ा अधिकांश रूप में खाने-पीने की चीजों से फैलता है। रोग के कीटाणु रोगी के पाखाने और बमन किए पानी में होते हैं। हैज़ा फैलाने में चार बातें खास हिस्सा लेती हैं-पानी, खाना, मक्खी और अंगुलियां।

पानी—पानी के ज़रिये रोग-कीटाणु पेट में पहुंच जाते हैं। जहां हैज़ा फैला हो वहां हमेशा पानी को उबालकर पीना चाहिए। दूध भी उबाला हुआ और गरम पीना चाहिए।

भोजन—ताज़ा और गर्म खाना चाहिए, और इस बात का बिशेष ध्यान रखना चाहिए कि भोजन पर मक्खी न बैठें। फल और कच्ची सब्जियों को पोटाशियम परमैगनेट के पानी में धोकर खाना चाहिए। इन चीज़ों की भी मक्खियों से रक्षा करनी चाहिए। बाजार में बिकने वाली मिठाइयां और दूसरे खाद्य पदार्थ नहीं खाने चाहिए; क्योंकि इनपर प्रायः मक्खियां बैठती हैं।

मक्खियां—जब हैज़े के रोगी की टट्टी और कै पर बैठती हैं तो उनके पैरों से हैज़े के असंख्य कीटाणु चिपट जाते हैं, फिर ये मक्खियां खाने-पीने की चीज़ों पर बैठकर उनपर अपने कीटाणु छोड़ देती हैं और उन्हें खाने वाला व्यक्ति हैज़े का शिकार बन जाता है।

अंगुलियां—आपकी अंगुलियों के पोरुवे भी कीटाणुवाहक हो सकते हैं। इसलिए भोजन करने से पहले साबुन और गरम पानी से हाथ साफ करने चाहिए। न मालूम घर के बाहर आपने किन-किन चीज़ों को छुआ है। कोई फल ही ऐसा हाथ में लिया हो जिसपर रोग-कीटाणु लगे हों और वे आपकी अंगुली में चिपट गए हों। किसी हैज़े के रोगी के पास से आकर अथवा यदि घर में ही हैज़े का रोगी हो तब तो हाथ और अंगुलियों की सफाई और भी ज़रूरी हो जाती है।

आन्त्रशोथ का उपचार—आन्त्रशोथ की दशा में सबसे पहले रोगी का भोजन बन्द कर देना चाहिए; किन्तु पानी काफी पिलाना चाहिए। यदि रोगीं के कै, दस्त बन्द हो गए हों और उसे भूख की इच्छा हो तथा वह शारीरिक कमजोंरी अनुभव करता हो तो, फलों का रस पिलाया जा सकता है। जहां भी कै और दस्त साथ-साथ होते हों; चाहे वे हैज़े के कारण हों अथवा आन्त्रशोथ के, उस रोगी को जल्दी ही दूध या ठोस भोजन नहीं देना चाहिए। कई बार दूध, रोटी आदि देने से रोग दुबारा हमला कर देता है।

आन्त्रशोथ या किसी दूसरे रोग के कारण भी यदि कै और दस्त ज़्यादा तादाद में होने लगें तो उसकें शरीर का पानी कम हो जाने की खतरनाक स्थिति आ सकती है, ऐसी दशा आने से पूर्व ही रोगी को या तो अस्पताल दाखिल कर देना चाहिए अथवा होशियार डाक्टर की देखरेख में रखना चाहिए।

गर्मी के मौसम में उदर रोगों से सुरक्षा प्राप्त करने की दृष्टि से, भोजन अपेक्षाकृत कम खाना चाहिए; किन्तु पानी काफी तादाद में पिएं। दिन में दो बार नीबू की नमकीन शिकंजवीन पी लेना अच्छा रहता है।

स्वस्थ हालत में सुरक्षा की दृष्टि से इस मौसम के फल खरबूज़ा, तरबूज़ा, ककड़ी, खीरा, आल बुखारा एवं आम ख़ाने चाहिए। ये आंतों में अपने जलीय अंश के कारण तरावट लाते हैं।

पेचिश

पेचिश सामान्य रूप से लोगों को हो जाती है। इसे आंव-खून के दस्त होना भी कहते हैं। यह रोग घातक न होते हुए भी रोगी को बहुत तकलीफ देने वाला होता है।

लक्षण—उदर रोग में नाभि के आसपास से लेकर मलद्वार तक ऐंठनी और दर्द मालूम पड़ता है। रोग उग्र अवस्था में होने पर रोगी को ज़रा-ज़रा-सी देर में टट्टी की हाजत महसूस होती है। दर्द अनुभव होने पर ऐसा लगता है कि खूब सारा पाखाना निकलेगा, परन्तु दर्द के साथ थोड़ा-सा चिकना बलगमनुमा पानी आकर रह जाता है, जो कभी सफेद और कभी खून मिला हआ लाल-सा होता है। इस रोग का कारण दो तरह के कीटाण माने, गए हैं। दोनों के संक्रमण से एक ही प्रकार के लक्षण होते हैं।

कई बार गर्मी के दस्त भी पेचिश में बदल जाते हैं। पेचिश की दशा में आंतों के भीतर खराश और हल्का-हल्का सूजन-सा रहता है, खराश के कारण ही वहां से थोड़ा खून का अंश आता रहता है। पेचिश होना पूरे पाचक यन्त्र के खराब होने की सूचना होती है। इस रोग में जिगर की क्रिया अदबदाकर खराब रहती है।

पेचिश का रोग अक्सर पुराना भी पड़ जाता है। रोग पुराना होने पर उतनी जल्दी दस्त नहीं होते। पेचिश पुरानी होने पर रोगी काफी दुर्बल हो जाता है।

उपचार और सावधानी—पेचिश की चिकित्सा में कभी लापरवाही नहीं करनी चाहिए। इसकी चिकित्सा प्रयत्नपूर्वक करें। क्योंकि इसके उपद्रवस्वरूप आंतों की सूजन, जिगर की सूजन, जिगर का फोड़ा, रक्त की कमी, हाथों और पैरों की सूजन, यहां तक कि आंतों की टी० बी० तक हो जाती है।

अब पेचिश की काफी सफल चिकित्सा उपलब्ध है। घरेलू इलाज में—पके बेल का शर्बत काफी लाभ करता है। बेल भोजन और औषधि दोनों रूप में लाभकारी है। औषधिरूप में ईसबगोल की भुस्सी (छिलका) 6 माशे से 1 तोले की खुराक मामूली निवाए पानी से लेनी चाहिए। ईसबगोल दही में मिलाकर भी लिया जा सकता है। रोग की उग्र दशा में दिन में दो बार ईसबगोल की भुस्सी लेना काफी होता है। उग्र दशा में एक-दो रोज़ उपवास कर लेना अच्छा रहता है। यहां उपवास का अर्थ है कि ठोस भोजन न खाया जाए। सिर्फ बेल का शर्बत, या दही और ईसबगोल खा लेना काफ़ी होता है। रोग कुछ घटने पर चावल और दही अथवा छिलके वाली मूंग की दाल की खिचड़ी और दही खाना चाहिए।

संग्रहणी या स्प्रू

अतिसार-प्रधान रोगों की श्रेणी में संग्रहणी एक हठीला रोग है। इस रोग की दशा में रोगी को प्रातःकाल से दोपहर तक चार या पांच भारी, पीले और पतले दस्त होते हैं। रोगी का वजन घटने लगता है। वह कमज़ोर होता चला जाता है। भूख कभी तेज़ लगती है कभी बहुत कम हो जाती है; कई बार भोजने से अरुचि हो जाती है। तबीयत गिरी-पड़ी रहती है। और जिगर का काम खराब होने के

कारण शरीर में खून की बहुत कमी हो जाती है।

यह रोग कई कारणों से होता है। इसका एक कारण भोजन में लौहतत्व और विटामिन 'बी' की कमी होना भी है। अतिसार और पेचिश भी बिगड़कर संग्रहणी में बदल जाते हैं। उपयुक्त इलाज के अभाव में रोगी मर सकता है।

आयुर्वेद और ऐलोपैथिक चिकित्सा पद्धति में इस रोग की सफल चिकित्सा मौजूद है। वस्तुतः संग्रहणी का कोई घरेलू इलाज नहीं करना चाहिए। इस रोग में चिकित्सक के परामर्श और देखभाल की भारी आवश्यकता होती है। दही, बकरे के जिगर का शोरबा, खाद्य के रूप में अच्छा काम करते हैं। रक्तवर्धक इन्जैक्शनों का इस रोग में काफी महत्त्व है। वैद्य लोग अपनी औषधियों से रोगी को एक दिन में कई किलो तक दही पिला देते हैं।

जिगर और उसके सामान्य रोग

उदर के भीतर रहने वाले अवयवों में जिगर सबसे बड़ा अवयव है। और केवल उदर में ही नहीं बल्कि पूरे शरीर में जिगर से बड़ी कोई ग्रन्थि नहीं होती। ज़िगर जितना बड़ा अवयव है शरीर में इसका काम भी उतना ही महत्त्वपूर्ण है। भोजन के तत्त्वों को खून में बदलने का काम जिगर ही करता है। यह खून के लालकण बनाता है। इसके अलावा जिगर शकर के एक बड़े गोदाम का भी काम करता है। शरीर में शक्ति पैदा करने के लिए शकर की विशेष आवश्यकता होती है। पूरे शरीर को जिगर के गोदाम से ही शकर भेजी जाती है। इसीलिए जब जिगर रोग हो जाता है तो अदबदाकर शरीर में खूब की कमी हो जाती है, और शरीर जल्दी कमज़ोर हो जाता है।

जिगर कई प्रकार के रोगों का शिकार बन जाता है।; फोड़ा, सूजन, रसौली और कैन्सर भी जिगर में हो जाते हैं। लेकिन हमें यहां बड़े रोगों के विवेचन में नहीं जाना है। सामान्य रूप में जिगर के रोग हैं—एनीमिया (खून की कमी) और कामला (पीलिया)।

एनीमिया (खून की कमी)

हालांकि एनीमिया कई प्रकार का होता है किन्तु सभी तरह के एनिमिया जिगर के काम खराब होने से पैदा होते हैं। यह रोग जहां कीटाणु-संक्रमण के

कारण होता है दूसरी ओर भोजन में लौहतत्त्व और विटामिन 'बी' की कमी के कारण भी होता देखा जाता है। कई बार एनीमिया स्वयं रोग न होकर कुछ दूसरे रोगों का लक्षण भी होता है। आमतौर पर पुरुषों की अपेक्षा स्त्रियां इस रोग की अधिक शिकार पाई जाती हैं।

एनीमिया की दशा में शीरीर की त्वचा पीली और रूखी-सी रहती है। सिर में चक्कर और हल्का दर्द बना रहता है। पिण्डलियों में कुलन बनी रहती है। भूख कम हो जाती है। प्रायः कब्ज़ बना रहता है, और स्त्रियों में प्रदरस्राव होने लगता है।

आजकल पोषण की कमी से होने वाला एनीमिया अधिकांश रूप में पाया जाता है। वस्तुतः हमारा खानपान आजकल इतना कृत्रिम हो गया है कि हम अदबदाकर एनीमिया के शिकार हो जाते हैं। ज़्यादातर तले भोजन करना, खुराक में हरी शाक-सब्ज़ियों की कभी, मौसम के फल न खाना आदि कारणों से शरीर में पूरा लौहतत्त्व नहीं पहंचता।

एनीमिया के इलाज में हमेशा ही लौहतत्त्व वाली औषधियां दी जाती हैं, साथ ही खुराख में फल और हरी सब्ज़ियां शामिल करनी चाहिए। जब एनीमिया दूसरे रोगों के फलस्वरूप पैदा हुआ होता है तो उन रोगों की चिकित्सा करना ही एनीमिया का इलाज होता है। मलेरिया, कालाज़ार और पीलिया खासतोर पर जिगर खराब करके एनीमिया की दशा पैदा कर देते हैं।

कामला या पीलिया

इस रोग में जिगर का काम तो अस्त-व्यस्त हो ही जाता है, लेकिन साथ ही जिगर बढ़ भी जाता है। कीटाणु-संक्रमण और पोषणहीनता दोनों ही इस रोग के कारण होते हैं। कीटाणु-संक्रमण अक्सर दूषित जल द्वारा होता है।

पीलिया होने की दशा में जिल्द का रंग अधिक पीला पड़ जाता है। साथ ही आंखों का सफेद भाग पीला हो जाता है। वस्तुतः यह पीलापन पित्त के खून में मिलने से पैदा होता है। पीलिया की दशा में पित्त अधिक बनने लगता है और खून बनने का अनुपात कम हो जाता है। कई बार रोग की उग्र दशा में त्वचा से पीला पसीना निकलता है जिससे पहनने के कपड़े तक पीले हो जाते हैं। कीटाणु-संक्रमण से होने वाले पीलिये में जब-तब ज्वर भी

हो जाता है।

कीटाणु-संक्रमण की दशा में कीटाणुनाशक औषधियों का प्रयोग किया जाता है।साथ ही पित्त को काबू में करने के लिए क्षारीय औषधियां प्रयुक्त होती हैं। सामान्य दशा का पीलिया, खानपान सम्बन्धी विशेष परहेज़ से ही ठीक हो जाता है।

दूध, दही, छाछ, मूली, शलगम, गाजर तथा दूसरी हरी कच्ची सब्ज़ियां, गन्ना और रस वाले फल, विशेष रूप से नीबू पीलिया में लाभकारी होते हैं। दाल, गुड़, चीनी, आलू, अरबी, घी, तेल जैसे गरिष्ठ भोजनों से परहेज़ रखना चाहिए।

खांसी

खांसी एक ऐसा रोग है जिससे किसी न किसी उम्र में हरेक व्यक्ति का पाला पड़ा होता है॥ यह रोग बिना उम्र का लिहाज़ किए बच्चे, बूढ़े, जवान, स्त्री अथवा पुरुष सभी को सता सकता है। साधारण खांसी कई बार मामूली दवा और मामूली परहेज़ से ठीक हो जाती है; लेकिन कई बार इतनी हठोली भी होती है कि टी० बी० में बदल जाती है। इसलिए मामूली खांसी की भी कभी उपेक्षा नहीं करनी चाहिए।

कारण—खांसी हमेशा ही श्वास-प्रश्वास के अंगों में विकार पैदा हो जाने के फलस्वरूप पैदा होती है। गला और फेफड़े श्वास-प्रश्वास के अंग हैं। गले के भीतरी भाग की सूजन, फेफड़ों की छोटी-छोटी श्वास-नलिकाओं में उत्तेजना होना खांसी को जन्म देते हैं। यह सूजन और उत्तेजना कीटाणु-संक्रमण, तथा इन भागों में धूल या धुआं भर जाने की वजह से भी होती है। फेफड़ों में शुद्ध हवा पहुंचना बहुत ज़रूरी होता है, परन्तु उपरोक्त कारणों से जब हवा का स्थान अवरुद्ध होने लगता है तो खांसी द्वारा शरीर वहां से बाहरी वस्तु को निकालने का प्रयत्न करता है और बाहरी वस्तु प्रायः बलगम (कफ) के रूप में बाहर निकलती है।

कभी-कभी खांसी दूसरे अंगों की खराबी के कारण भी पैदा हो जाती है, जैसे कान में मैल जमा हो जाने पर गले में उत्तेजना होती है और खांसी उठने लगती है। हृदय, फेफड़ों को ढकनेवाली झिल्ली के रोगों से भी खांसी पैदा हो

जाती है। इसके अलावा कभी-कभी पेट की गन्दगी भी खांसी का कारण क्योंकि उदर की पेशियां भी श्वास लेने की क्रिया में भाग लेती हैं।

लक्षण और भेद

सूखी खांसी—खांसी जब खुश्क होती है तो रोगी को खांसने म ज़ोर पड़ता है। काफी खांसने पर भी बलगम नहीं निकलता। अगर खां की सूजन के कारण होती है तो खांसते हुए गला छिलता है और जल है। खांसने के समय कई बार छाती पर दबाव अनुभव होता है। यदि इ की सूखी खांसी के साथ बुखार न हो तो रोग गम्भीर नहीं होता। बुखार न्यूमोनिया, टी० बी० या प्लरिसी जैसे गम्भीर रोग की शुरुआत हो सक इसलिए अगर बुखार के साथ खांसी हो तो डाक्टर की सलाह लेनी चाहिए

तर या बलगमी खांसी—खांसी जब तर होती है तो रोगी को ख बहुत कम तकलीफ होती है। तर खांसी की गम्भीरता या हल्कापन इ पर निर्भर करता है कि रोगी को कितना बलगम निकलता है। बहुत बलगम निकलना और साथ ही ज्वर रहना गम्भीर रोग के लक्षण होते हैं जब बुखार न हो, मामूली खांसने से थोड़ा-बहुत बलगम निकलकर एक मिलता हो तो रोग भी मामूली दर्जे का होता है।

खांसी के दौरे—बच्चों में काली खांसी (हूपिंग कफ) ज़्यादातर दौरे में उठती है। इन दौरों की कोई मियाद नहीं होती। काफी समय तक रोगी भलाचंगा रहता है, लेकिन जब खांसी उठती है तो काफी देर तक उठती ह जाती है। खांसते-खांसते मुंह लाल हो जाता है, अन्दर सांस लेने में गले में सी बजती है। कई बार कै भी हो जाती है। पेट में अगर भोजन न हो तो साथ थोड़ा बलगम और लार-सी निकलती है।

वयस्क रोगियों को भी खांसी दौरों के रूप में उठती है लेकिन ये दौरे की काली खांसी जैसे नहीं होते। अलबत्ता इसमें रोगी को काफी सम खांसना ज़रूर पड़ता है। इन दौरों की खांसी किसी कदर खुश्क ही होती है और टी० बी० के रोगी को अक्सर इन दौरों के रूप में खांसी उठती है, देर खांसने के बाद थोड़ा-बहुत बलगम निकलता है। ज़्यादा खांसने से रो पसीना आ जाता है और वह थकावट अनुभव करता है।

इसके अतिरिक्त जब ठण्ड के कारण गला बैठ जाता है तो भी सूखी-सी खांसी के हल्के दौरे उठते हैं। कई बार घबराहट तथा स्नायविक तनाव के कारण भी खांसी उठती है।

इलाज और सावधानी

खांसी किस कारण से पैदा हुई है इसका पता लगाना बहुत जरूरी होता है। वस्तुतः इसका पता चलाना डाक्टर का काम है। ज्वरयुक्त खांसी और पुरानी खांसी में हमेशा चिकित्सक को दिखाना चाहिए। लेकिन यहां हम खांसी के सम्बन्ध में जो हिदायतें लिख रहे हैं वे प्रत्येक प्रकार की खांसी में हितकारी हैं एवं जिन औषधियों का उल्लेख किया जा रहा है वे किसी सूरत में हानिकारक नहीं हैं। जहां हकीम, डाक्टरों द्वारा इलाज की सुविधा न हो, वहां निम्नलिखित उपायों और औषधियों से फायदा हासिल किया जा सकता है :

खान-पान—खांसी के दौरान भोजन की मात्रा घटा देनी चाहिए; कम खाने से खांसी में लाभ होता है।

घी या तेल में तले हुए अधिक मिर्च-मसाले के खट्टे और चरपरे खाद्य नहीं खाने चाहिए।

बर्फयुक्त ठण्डे पेय लस्सी, शिकंजवीन, शर्बत आदि न पिएं।

मीठा सन्तरा, मौसम्मी, माल्टा तथा गूदे वाले फल जैसे पपीता, चीकू, खरबूज़ा, खजूर, अमरूद आदि खाने से मेदे और फेफड़ों में तरावट पहुंचती है और बलगम ढीला पड़कर आसानी से निकलने लगता है।

पेट की सफाई—पेट साफ कर लेने से भी प्रायः हर तरह की खांसी हल्की पड़ जाती है। इस कार्य के लिए एक बार एनिमा लगाकर पेट साफ कर लेना अच्छा रहता है। गुनगुने पानी में नींबू निचोड़कर एनिमा लगाना चाहिए। बच्चों की काली खांसी में यदि प्रति सप्ताह उनका पेट साफ कर दिया जाए तो खांसी जल्दी हल्की पड़ जाती है।

औषधोपचार—रात को सोते समय दो प्याले गरम पानी पीकर सोने से खांसी में लाभ होता है। अगर खांसी सूखी हो तो गरम पानी में दो या तीन चम्मच

शहद घोलकर पीना चाहिए। यह प्रयोग किसी प्रकार की खांसी में नुकसान नहीं करता। सर्दी-ज़ुकाम के कारण गले से उठने वाली खांसी में (विशेष रूप से सर्दी के मौसम में) बहुत फायदा होता है।

10 बूंद अदरक का रस और दो चम्मच शहद मिलाकर चाटने से सूखी खांसी तर हो जाती है, बलगम आसानी से निकलता है। दिन में दो-तीन बार इस योग को चाटना चाहिए।

जहां अदरक न मिल सके वहां बीस बूंद पान का रस और दो चम्मच शहद मिलाकर दिन में दो-तीन बार चाटना चाहिए।

सितोपलादि चूर्ण (एक आयुर्वेदिक औषधि) 10 माशे की मात्रा से दिन में तीन बार शहद के साथ चाटें। इससे किसी प्रकार की खांसी में हानि नहीं होती। अगर खांसी खुश्क हो तो 2 रत्ती नौसादर (देशी) अथवा 2 रत्ती यवक्षार (जवाखार) सितोपलादि चूर्ण के साथ मिलाकर शहद के साथ चाटने से बलगम आसानी से निकलता है। सर्दी-ज़ुकाम में भी इस योग से बहुत लाभ होता है।

अलसी (तीसी) को साफ करके और तवे पर सूखी भूनकर फिर सिलबट्टे पर पीसकर शीशी में भरकर रख लें। बच्चों को दो चने की बराबर खुराक से शहद में मिलाकर दिन में तीन-चार बार चटाएं। बड़े लोग बेर की बराबर मात्रा से चाटें। इससे खांसी में तरावट आती है, गले की जलन व खराश दूर होती है और खांसी में लाभ होता है।

तालीसादि चूर्ण मुंह में रखकर चूसने से गले की खांसी-ज़ुकाम, नजला तथा श्वास-नलिकाओं की जलन और सूजन में लाभ होता है। यह चूर्ण आयुर्वेदीय है।

आजकल खांसी के लिए अखबारों और रेडियो द्वारा तरह-तरह की दवाइयां विज्ञापित की जाती हैं। इन विज्ञापनों से प्रभावित होकर बहुत लोग इन औषधियों का सेवन करते हैं, किन्तु प्रायः उन्हें लाभ नहीं होता। कुछ दवाओं में ऐसी तेज़ औषधियां भी रहती हैं जो कई बार हानि कर जाती हैं, इसलिए कोई विज्ञापित औषधि बिना डाक्टर की सलाह के नहीं सेवन करनी चाहिए।

पित्त उछलना या छपाकी

शरीर पर पित्त उछलने का विकार 'एलर्जी' के अन्तर्गत आता है। पित्त के अतिरिक्त और भी कई तरह की 'एलर्जी' होती है और दूसरे कई विकार भी उसके अन्तर्गत आते हैं। अतएव 'एलर्जी' को समझ लेना इस स्थल पर आवश्यक है।

एलर्जी—यह अंग्रेज़ी भाषा का शब्द है—इसका अर्थ है शरीर को बेचैन और परेशान करने वाली शिकायतें। दमा, पित्त, चमला (उकंवत), खुजली , तड़ातड़ छींकें आना, नाक बहना, कै हो जाना आदि इसी श्रेणी के विकार माने गए हैं। एलर्जी की परिभाषा है 'बाहरी तत्त्वों के प्रति शरीर की नाराज़ी'। यह नाराज़ी लगभग वैसी ही होती है जैसे आप किसी दूसरे व्यक्ति के प्रति नाराज़ी ज़ाहिर करते हैं। जब कोई बात घर में व्यक्ति की मर्ज़ी के खिलाफ हो जाती है तो वह उसके लिए घर में डांट-फटकार करता है, पत्नी से बोलना छोड़ देता है, खाना नहीं खाता—ये सारी चेष्टाएं नाराज़ी ज़ाहिर करने की होती हैं। इसी तरह व्यक्ति का शरीर भी कुछ विशेष तत्त्वों और परिस्थितियों के सम्पर्क में आकर नाराज़ हो उठता है। इसलिए कि वे तत्त्व और परिस्थितियां उसे पमन्द नहीं होती। ये तत्त्व और परिस्थितियां एक नहीं अनेक होते हैं; साथ ही यह अलग-अलग लोगों के लिए अलग-अलग ही होते हैं। सामान्यत: गन्ध, भोजन, औषधियां,कीटाणु, धूल, गर्द, गर्मी-सर्दी आदि बातें एलर्जी उत्पन्न करने वाली होती हैं। चूंकि ये एलर्जी पैदा करते हैं इसलिए इन्हें 'एलर्जन' कहा जाता है। ऊपर कहे एलर्जनों के अतिरिक्त भी और बहुत एलार्जन होते हैं। किन्तु किस व्यक्ति के लिए क्या एलर्जन है यह कहना बड़ा कठिन होता है। एक व्यक्ति को ततैय्ये के काटने से पित्त उछल आता है, लेकिन दूसरे को कुछ नहीं होता। दूसरे की ठण्डी हवा में नाक बहने लगती है। कइयों को बर्फ पीते ही दमे का दौरा पड़ जाता है। बहतों को तेज़ खुशबू से ज़ुकाम-नज़ला हो जाता है। पैन्सिलीन के इंजेक्शन से लोगों के बदन में खुजली भी हो जाती है। यदि इस बात का पता चल जाए कि अमुक व्यक्ति के लिए अमुक वस्तु एलर्जन है तो उसे हमेशा उससे बचना चाहिए।

एलर्जी दूर करने के लिए अब एक विशेष वर्ग की औषधियों का निर्माण हो

गया है, लेकिन कौन-सी एलर्जी में किस व्यक्ति को कौन-सी एलर्जीनाशक दवा देनी चाहिए, इस बात का निर्णय डाक्टर ही कर सकता है। ये औषधियां स्वयं नहीं खानी चाहिए।

पित्त का घरेलू इलाज—पित्त उछलने की दशा में शरीर में गर्मी और उत्तेजना बढ़ जाती है; साथ ही खून में खटाई का तत्त्व बढ़ जाता है। किसी भी रूप से इस उत्तेजना, गर्मी और खटाई को कम करके पित्त की दशा में आराम पाया जा सकता है।

पित उछलने पर चूंकि शरीर उत्तेजित दशा में होता है इसलिए भोजन छोड़ देना चाहिए। पानी में कागज़ी नीबू निचोड़कर दिन में तीन-चार बार पीना चाहिए। बीच-बीच में एक चुटकी सोडा बाईका पानी में घोलकर पीना चाहिए। रस वाले फल खाना, अथवा उनका रस पीना भी बहुत लाभदायक होता है। इनसे खून की गर्मी और खटाई कम हो जाती है।

हमारे यहां जो पित्त को शान्त करने के घरेलू इलाज प्रचलित हैं, उनके अनुसार कहीं लोग शरीर पर गेरू मलते हैं, कोई कम्बल ओढ़कर लेट जाते हैं, कोई घी, चीनी और काली मिर्च भी लेते हैं, लेकिन वास्तव में ये इलाज वैज्ञानिक नहीं होते। शरीर पर कोई औषधि मलना कोई लाभ नहीं देता। क्योंकि रोग की जड़ शरीर के भीतर होती है। अलबत्ता ठण्डे जल से स्नान करना इस विकार में लाभ पहुंचा सकता है; लेकिन पहले इसकी जांच कर लेनी चाहिए—शरीर के थोड़े भाग पर पानी डालकर देखें अगर शान्ति मिले और खुजली कम हो जाए तो फिर स्नान कर लें।

पित्त कुछ घण्टों से लगाकर कई-कई दिनों तक उछला रहता है; इन दिनों ठोस भोजन छोड़कर फलों के रस और दूध पर रहना लाभकारी होता है। साथ ही ऊपर लिखे गए नींबू के पानी और सोडा बाईकार्ब का सेवन करना चाहिए तो पित्त जल्दी शान्त हो जाता है।

सर्दी-ज़ुकाम

सर्दी लगकर ज़ुकाम हो जाना एलर्जी भी होती है, लेकिन एलर्जी से भिन्न यह मौसमी विकार के रूप में भी पैदा हो जाता है। वैसे यह 'फ्लू' का हल्का रूप होता है। इसका प्रभाव भी नाक और गले की झिल्ली पर होता है; परन्तु इसमें ज्वर नहीं होता। हां, तबीयत गिरी-पड़ी ज़रूर रहती है। एक-दो दिन लगातार

नाक से पानी बहता है, फिर धीरे-धीरे गाढ़ा बलगम आने लगता है, तीन-चार दिन रहकर ज़ुकाम खुद ही ठीक हो जाता है। गले की खराबी के कारण ज़ुकाम की हालत में खांसी भी हो जाती है। खांसी की ओर से सावधान रहना चाहिए, क्योंकि यह प्रभाव नीचे श्वास-नलिकाओं में पहुंचकर 'ब्रांकाइटीज़' पैदा कर सकता है।

अनुभव से यह बात प्रकाश में आई है कि अधिकांश रूप से ज़ुकाम तभी होता है जब पेट गन्दा रहता है। तब पैरों की ओर से सर्दी का प्रभाव ज़ुकाम पैदा करता है। जिन लोगों का पेट साफ रहता है, उन्हें पेट की शिकायत बहुत कम होती है।

सर्दी-ज़ुकाम का इलाज बहुत साधारण है लेकिन इसे तत्परता के साथ करना चाहिए; लापरवाही से कभी नज़ला पुराना हो जाता है, कभी खांसी स्थायी रूप धारण कर लेती है।

नमकमिले गर्म पानी के गरारे और यूनानी जोशांदे लाभदायक होते हैं। जोशांदे शौच भी साफ लाते हैं। सितोपलादि चूर्ण 2 माशे और देशी नौसादर 2 रत्ती शहद में मिलाकंर दो-तीन बार (एक दिन में) चाटने से काफी लाभ होता है।

कई बार सर्दी-ज़ुकाम की हालत में गले में काफी दर्द मालूम होता है। यह दर्द स्थानीय सूजन से भी होता है और कई बार टान्सिल बढ़ जाने के कारण होता है। ऐसी हालत में नमकमिले गरम पानी के गरारों के अलावा बाहर से गरम पानी में कपड़ा भिगोकर गले की सिंकाई करनी चाहिए और फिर गले में एक दो घण्टे के लिए मफलर लपेट लेना चाहिए। यह क्रिया रात को सोते समय की जाए तो बहुत अच्छा प्रभाव होता है।

दिल के दौरे

दिल का दौरा पड़ जाने की चर्चा आजकल प्रायः सुनने में आती है। लेकिन आम लोगों के दिल के दौरे की पहचान नहीं होती। यहां हम दिल की कार्यविधि और उसके दौरों का संक्षिप्त परिचय दे रहे हैं।

शरीर के सभी भागों में खून पहुंचाने का काम हमारा दिल करता है। यह अपनी पम्प जैसी क्रिया द्वारा प्रतिदिन शरीर में लगभग चार हज़ार गैलन खून पम्प कर देता है। दिल का आकार लगभग हमारी बंधी मुट्ठी के बराबर होता है,

और दिल छाती के बाईं ओर पसलियों के नीचे रहता है। जहां से उसके धड़कने की आवाज़ सुनाई देती है। यह आवाज़ खून को पम्प करने की किया से उत्पन्न होती है।

दिल के भीतरी भाग में चार कमरे होते हैं जिनमें से दो कमरों में शरीर का इस्तेमाल किया हुआ गन्दा खून आता है; फिर मोटी रक्तवाहिनियों के ज़रिये यह गन्दा खून फेफड़ों में आक्सीजन ग्रहण कर शुद्ध होने के लिए भेज दिया जाता है। और फिर दूसरी रक्तवाहिनियों द्वारा शुद्ध रक्त दिल में वापस आ जाता है। और फिर पूरे शरीर को यह शुद्ध रक्त सप्लाई होता है। रक्त के आदान-प्रदान की यह क्रिया हमारा दिल गर्भ के चौथे महीने से लेकर मृत्यु से पूर्व तक करता रहता है।

दिल के इन कमरों में कपाट (किवाड़) लगे होते हैं, ताकि गन्दा और शुद्ध खून आपस में न मिल पाए। एक स्वस्थ व्यक्ति का दिल एक मिनट में 30 से 10 बार धड़कता है।

दिल के रोग कई तरह के होते हैं। दिल के साथ ही शरीर के दूसरे महत्त्वपूर्ण अंम जैसे रक्तवाहिनियां और गुर्दे भी बीमारी के शिकार हो जाते हैं। कई बार दूसरे-दूसरे रोग जैसे रियूमैटिकफीवर अथवा दूसरे तीव्र ज्वर भी दिल को रोगी बना देते हैं। वास्तव में हृदय के रोगों का सही निदान करना कठिन कार्य होता है। स्पेशलिस्ट डाक्टर ही सही निदान कर पाते हैं। दिल की बीमारियों की दशा में जो लक्षण पैदा होते हैं, वे खतरे की घण्टी माने जाते हैं। परन्तु कुछ दूसरे रोगों में भी वैसे लक्षण पैदा हो जाते हैं, जो बिल्कुल भी खतरनाक नहीं होते। इनके अन्तर को योग्य डाक्टर ही बता सकता है। दिल के दौरों की ओर से सावधान रहने के लिए निम्नलिखित लक्षणों की उपेक्षा नहीं करनी चाहिए:

थोड़ी-सी मेहनत से सांस फूलना, हाथों, पैरों व चेहरे की सूजन, दिल की धड़कनों का बढ़ा होना, ये आमतौर पर हृदय-रोग के लक्षण होते हैं। बायीं पसली के नीचे का दर्द जो बायीं भुजा तक फैल जाए, अथवा गर्दन की ओर को जाए—दिल की 'एन्जाइना पक्टोरिस' बीमारी का लक्षण होता है। यह रोग गम्भीर होता है। लेकिन कई बार बदहज़्मी से उत्पन्न गैस के कारण हृदय-क्षेत्र में दर्द हो जाता है। इस दर्द से कोई हानि नहीं होती।

वस्तुतः दिल के दौरे दिल में कई तरह के विकार पैदा हो जाने के कारण होते हैं। जैसे दिल को खून पहुंचाने वाली धमनी में अटकाव आ जाना। तब दिल को खून बहुत कम पहुंचता है और उसका काम कमज़ोर पड़ जाता है। हृदय के कपाटों के रोग भी दिल के काम में बाधा डालते हैं, और उसे रोगी बना देते हैं। रक्त-वाहिनियों का रोग 'हाई ब्लड-प्रेशर' भी दिल के स्वाभाविक काम में अनावश्यक दखल देता है।

दिल फेल होना—अर्थात् हृदय की गति रुक जाना—अंग्रेज़ी में इसे हार्ट फेल होना कहते हैं। दिल फेल होना स्वयं में कोई रोग नहीं वरन् इस रोग का राज़ यह है कि किसी भी रोग के कारण जैसे रियूमैटिक फीवर, ब्लड-प्रेशर, आतशक अथवा अन्य रोगों से जब हृदय काम करने के अयोग्य हो जाता है तो वह अपना काम छोड़ देता है। हालांकि दिल फेल होना एक गम्भीर बात है, किन्तु अब ऐसे उपचार निकल आए हैं कि दिल फेल होने वाले रोगियों को बचाया जा सकता है। दिल फेल होने की नौबत आने पर रोगी को सांस लेने में कठिनाई होने लगती है, श्वास छोटे होने लगते हैं, उसे बेचैनी मालूम पड़ती है। वस्तुतः ये लक्षण खतरे की घण्टी होते हैं।

कपाटों, रक्त-वाहिनियों के अलावा हृदय को ढकने वाली झिल्ली, हृदय की पेशियां भी रुग्ण होकर हृदयरोग पैदा कर देती हैं। कुल मिलाकर बीस-बाईस प्रकार के हृदय रोग होते हैं। हृदय के रोगों की तनिक भी उपेक्षा नहीं करनी चाहिए; रोगी को फौरन अस्पताल भेजना चाहिए अथवा होशियार स्पेशलिस्ट डाक्टर की देख-रेख में रखना चाहिए।

नीचे लिखे लक्षण हृदय रोगों के संकेत होते हैं। इनकी उपेक्षा मत कीजिए—

(1) बहुत मामूली-सी मेहनत से सांस फूलना।

(2) छाती के बायीं ओर खिंचाव अथवा दर्द जो बायें बाज़ू में फैल जाए।

(3) उदर अथवा पैरों के टखनों पर सूजन।

(4) सिर में चक्कर आना, सिर खाली महसूस होना।

(5) एक चीज़ का दो दिखाई देता (खतरनाक लक्षण)।

(6) लगातार सिर में दर्द रहना।

(7) बिना किसी स्पष्ट कारण के थकावट और कमज़ोरी।

ऊंचा रक्तचाप (हाई ब्लड प्रेशर)

रक्तचाप खून के दबाव को कहते हैं। इस दबाव की परीक्षा के लिए डाक्टर रोगी के बाज़ू में एक खोखली पट्टी लपेटता है, फिर उसके साथ जुड़ी रबड़ की नली से जुड़ी हुई गेंद को दबा-दबाकर उस पट्टी में हवा भरता है। फिर अपने स्टैथिस्कोप को बाज़ू पर रखकर आवाज़ सुनता है। इस पट्टी के साथ एक दूसरी नली से एक बक्स और जुड़ा रहता है। इस बक्स में पैमाना लगा होता है। बीच की नली में पारा भरा होता है जो उठकर और गिरकर खून का दबाव सूचित करता है।

शरीर-धमनियों (शुद्ध रक्त-वाहिनी नलिकाओं) में खून एक झटके या धक्के के साथ चलता है। दबाव का मतलब उस धक्के से है जो खून धमनियों की दीवारों पर मारता है। नाड़ी (नब्ज़) एक धमनी है। वह झटके से चलती है। दबाव तब ज़्यादा होता है जबकि दिल के बायें कोने का कमरा सिकुड़ता है। इस क्रिया को सिस्टोल कहते हैं। इसके विपरीत दिल जब ज़रा एक लमहे के लिए आराम करता है, जिसे कि डायस्टोल कहते हैं, तो दबाव बहुत कम होता है। अतएव खून का दबाव नापते समय सिस्टोलिक और डायस्टोलिक दोनों तरह का दबाब देखा जाता है। एक बीस-पच्चीस वर्ष के युवक का सिस्टोलिक दवाब लगभग 120 होता है और डायस्टोलिक दबाव 180 के करीब होता है। फिर भी भिन्न-भिन्न व्यक्तियों में यह दबाव भिन्न ही मिलता है और वह उनके लिए स्वाभाविक होता है। इसके अतिरिक्त भिन्न-भिन्न शारीरिक और मानसिक परिस्थितियों में एक ही व्यक्ति का दबाव अलग-अलग मिल सकता है। किसी भी उत्तेजना की हालत में दबाव ऊंचा चढ़ जाता है। सामान्य रूप से आयु के साथ-साथ रक्त का दबाव भी बढ़ता है। यदि शरीर मोटा हो जाए और शरीर का भार बढ़ जाए तब भी दबाव में वृद्धि हो जाती है। और सिर्फ यही नहीं और भी बहुत-से कारणों से खून का दबाव बढ़ और घट सकता है। कुछ लोगों का स्वभाव अथवा शारीरिक गठन भी ऐसा होता है कि उनका दबाव काफी घटा हुआ रहता है और यह स्थिति उनके लिए स्वाभाविक और सामान्य होती है।

कई बार चोट आदि लग जाने पर अगर शरीर से ज़्यादा खून निकल जाता है तो रक्त का दबाव बहुत नीचे आ जाता है। तब रोगी की हालत खतरनाक बन सकती है। वैसे दबाव कम होने की दशा अपेक्षाकृत कम ही देखने में आती है। ऊंचा रक्तचाप अधिक पाया जाता है। ऊंचा रक्तचाप कई बार खतरनाक भी हो जाता है और इसके विपरीत ऊंचे रक्तचाप के रोगी बीसों वर्ष तक सामान्य रूप से जीवित भी रहते हैं। अगर दिल के काम में खराबी आ जाए, गुर्दे रोगी हो जाएं, एड्रनेल नामक ग्रन्थि ठीक काम न करे, रक्तवाहिनी नलिकाओं की लचक कम हो जाए, तो इन सभी दशाओं में रक्तचाप की वृद्धि हो सकती है। इसके अतिरिक्त चिन्ता, शोक तथा दूसरे कारणों से दिमागी परेशानी की हालत में भी रक्तचाप बढ़ जाता है।

इसके अतिरिक्त आजकल बड़े शहरों की मशीन जैसी ज़िन्दगी, अनियमित खान-पान, चाय, सिगरेट और सफेद चीनी का अधिक इस्तेमाल भी रक्तचाप-वृद्धि के लिए उत्तरदायी है। इस दृष्टि से सादा रहन-सहन, नियमित खान-पान, मानसिक शान्ति और सन्तोष रखकर इस रोग से सुरक्षा पाई जा सकती है। शारीरिक और मानसिक रूप से ज़्यादा परिश्रम करना और पूरा विश्राम तथा नींदें न मिलने से भी यह रोग होता है। अतः विश्राम और नींद की ओर से भी लापरवाह नहीं रहना चाहिए।

रक्तचाप-वृद्धि के लक्षण—सिर में चक्कर आना, सिरदर्द रहना, आंखों पर खिंचाव मालूम देना, ये रोग के सामान्य लक्षण होते हैं। रोग की तीव्र दशा में रोगी अन्धा भी हो सकता है। कई बार आंखों में रक्तस्राव भी हो जाता है। जब-तब ऐसा भी होता है कि बिना इन लक्षणों के रक्तचाप बढ़ा रहता है। बढ़े हुए रक्तचाप की दशा में यह भी खतरा रहता है कि किसी समय दिमाग में कोई रक्तवाहिनी फटकर रोगी की तत्काल मृत्यु हो जाए। इसलिए इस रोग में लापरवाही नहीं बरतनी चाहिए।

महिलाओं के रोग

मासिक धर्म स्त्री शरीर की एक विशिष्ट क्रिया है। इसे माहवरी या ऋतुकाल के नाम से भी पुकारा जाता है। माहवारी का यह सिलसिला लड़कियों की 13-14 साल की आयु से प्रारम्भ होकर लगभग 45-50 वर्ष की आयु तक चलता है।

जब किसी महिला को गर्भ ठहर जाता है तो मासिक धर्म अस्थायी तौर पर बन्द हो जाता है। इसलिए मासिक धर्म रुक जाना गर्भ-स्थिति का एक प्रमुख लक्षण माना गया है।

सामान्य नियम के अनुसार माहवारी 28 दिन के अन्तर से होनी चाहिए। लेकिन भिन्न-भिन्न स्त्रियों में मासिक धर्म का यह चक्र 21 से 35 दिन तक का होता है जो उनके लिए स्वाभाविक होता है। एक ही महिला को कभी 20 और कभी 30 दिन के अन्तर से मासिक धर्म हो सकता है और यह भी स्वाभाविक हो सकता है। वस्तुतः इस क्षेत्र में अनियमितता एक प्रकार की स्वाभाविकता बन गई है।

मासिक रक्तस्राव की अवधि तीन से पांच दिन तक की होती है, परन्तु कई बार यह 2 से 7 दिन तक की भी देखी जाती है, और यह क्रम भी स्वाभाविक मान लिया जाता है। इस अवधि में एक से ढाई औंस तक रक्तस्राव होता है।

संक्षिप्त रूप से मासिक धर्म का रहस्य यह है कि 28 दिन तक धीरे-धीरे गर्भाशय के अस्तर की झिल्ली में खून इकट्ठा होता रहता है जिससे वह पिलपिली और गुदगुदी हो जाती है। गर्भाशय आने वाले उत्पादक डिम्ब के पोषण के लिए यह रक्त संचय करता है। जब उत्पादक डिम्ब आ जाता है तो वह गर्भाशय की दीवार से चिपककर इस खून से परवरिश पाकर बढ़ने लगता है। इस हालत को गर्भ ठहर जाना कहते हैं, और तब नौ-दस मास तक मासिक धर्म बन्द रहता है। लेकिन यदि आने वाला डिम्ब पुरुष शुक्रकीट से मिलकर उत्पादक नहीं बना होता फिर वह गर्भाशय की दीवार से नहीं चिपक पाता। फलस्वरूप एक सीमा तक झिल्ली खून से फूलती है लेकिन जब उस खून का वहां कोई उपयोग नहीं होता तो झिल्ली फट जाती है और रक्त बहने लगताहै। इसे ही मासिक रक्तस्राव कहा जाता है। और इसी तरह प्रतिमास यह क्रम चलता है।

मासिक धर्म सम्बन्धी विकार

कष्टरजता—कष्टरजता अर्थात् मासिक धर्म कष्ट से होना। कष्टरजता की शिकायत आजकल प्रायः नवयुवतियों में पाई जाती है। कष्टरजता के अनेक कारण होते हैं। शारीरिक कारणों में डिम्बग्रन्थियों या गर्भाशय के

स्थानीय रोग, इन अंगों का अविकसित रह जाना, इन अंगों की बनावट के दोष, आदि। इन शारीरिक कारणों के अलावा प्रायः मानसिक कारण भी कष्टरजता के लिए उत्तरदायी होते हैं; भावनात्मक आवेग, सम्भोग व्यापार में सन्तुष्टि न मिलना, मानसिक उलझनें, पारिवारिक क्लेश आदि से भी कष्टरजता हो जाती है।

चिकित्सा के लिए कुशल लेडी डाक्टर द्वारा रोगिणी की जांच करानी चाहिए और मुख्य कारणों को दूर करना चाहिए। वैसे कष्ट के समय तत्काल चिकित्सा के लिए पेड़ू पर गरम पानी की गद्दियों से सिंकाई करें, इससे लाभ होता है।

अरजस्कता—एक बार माहवारी प्रारम्भ होने के पश्चात् यह अपेक्षित होता है कि नियमित क्रम से बन्द होने की आयु तक माहवारी का सिलसिला चलता रहे। लेकिन कई कारण ऐसे हो जाते हैं कि मासिक धर्म नहीं होता। गर्मस्थिति की दशा में तथा बच्चे को स्तनपान कराने की हालत में स्वाभाविक रूप से मासिक धर्म नहीं होता। लेकिन इन दशाओं के अलावा भी कुछ दूसरे कारणों से माहावारी नहीं होती।

प्रायः नवयुवतियों में जब मासिक धर्म प्रारम्भ होता है तो फौरन ही उसमें क्रमबद्धता नहीं आतीं। यौनांग कुछ समय पश्चात् ही उसके अभ्यस्त हो पाते हैं। असलिए प्रारम्भ में नवयुवतियों में मासिक धर्म का क्रम अनियमित चलता है। बीच-बीच में अकारण ही माहवारी नहीं होती ; इसके लिए चिन्ता नहीं करनी चाहिए। इसके अलावा शारीरिक दुर्बलता, शरीर में खून की कमी, लम्बी बीमारी भोगना आदि कारणों से भी मासिक धर्म नहीं होता। कई बार यौनांगों के स्थानीय विकार भी इसके लिए उत्तरदायी होते हैं। बहरहाल, अरजस्कता की दशा में लेडी डाक्टर से मशवरा करके चिकित्सा करानी चाहिए।

अतिरिक्त स्राव—मास में एक से अधिक बार मासिक धर्म होने अथवा सामान्य से अधिक रक्तस्राव को अतिरिक्त स्राव कहा जाता है। यह दशा भी अनेक कारणों से उत्पन्न होती है। अधिक खून निकलने से शरीर में दुर्बलता आ जाती है इसलिए अतिरिक्त स्राव की ओर से लापरवाही नहीं बरतनी चाहिए। गर्भाशय तथा डिम्बग्रन्थियों एवं डिम्बनलिकाओं में सूजन आने की दशा में

स्राव अधिक होता है। गर्भाशय का अपने स्थान से हट जाना भी इसका कारण होता है। अधिक बच्चे पैदा होने से यौनांग दुर्बल हो जाते हैं और स्राव अधिक होता है। गुर्दे, जिगर और हृदय रोगों के कारण भी यह दशा उपस्थित हो जाती है।

45 से 50 वर्ष की आयु के मध्य जब मासिक क्रम बन्द होने का समय आता है, तब भी अनियमित रूप से अधिक रक्तस्राव हो जाता है। लेकिन इस आयु में अधिक स्राव गर्भाशय के कैन्सर के कारण भी हो सकता है इसलिए तब डाक्टर द्वारा अवश्य जांच करानी चाहिए।

जब भी अधिक रक्तस्राव हो तो सावधानी की दृष्टि से बिस्तर पर आराम करना चाहिए। भोजनों में तरल खाद्य जैसे दूध, दलिया, फलों के रस लेने चाहिए।

प्रदर

प्रदर की दशा में स्त्री-योनांगों से सफेद गाढ़ा-गाढ़ा पानी निकलता है। कई बार इस प्रदरस्राव में खट्टी-सी गन्ध भी पाई जाती है। वस्तुतः प्रदर का मासिक धर्म से कोई विशेष सम्बन्ध नहीं है; यह सिर्फ यौनांगों से सम्बन्धित विकार है।

आजकल महिलाओं में प्रदर एक आम शिकायत है। किन्तु प्रदर स्वयं कोई रोग नहीं है। यह दूसरे रोगों के लक्षणस्वरूप ही पैदा होता है।

गर्भाशय, डिम्बग्रन्थियों एवं डिम्बनलिकाओं की सूजन, गर्भाशय का अपने स्थान से हट जाना, भीतरी जननेन्द्रियों में फोड़ा-फुन्सी या रसौली होना, मूत्राशय की सूजन आदि स्थानीय रोगों में प्रदर एक लक्षण के रूप में पैदा होता है। इन स्थानीय रोगों के अलावा कुछ दूसरे शरीरगत रोग भी प्रदर के लिए उत्तरदायी होते हैं। शरीर में रक्ताल्पता की दशा में अवश्य ही प्रदर हो जाता है। जिगर के दूसरे रोग अजीर्ण, कब्ज़, मधुमेह के कारण भी प्रदरस्राव उत्पन्न होता है। सूज़ाक, आतशक जैसे सम्भोग से लगने वाले रोगों में प्रदर एक प्रमुख लक्षण होता है। इन कारणों के अलावा जननेन्द्रियों की स्थानीय गन्दगी तथा मानसिक क्लेश तथा उद्वेगपूर्ण दशाओं में भी प्रदर होता है।

प्रदर के इलाज के लिए हमेशा उसके कारण तलाश करने चाहिए। इस कार्य के लिए योग्य लेडी डाक्टर की सलाह आवश्यक होती है। स्वास्थ्य-नियमों का पालन, जननेन्द्रियों की स्वच्छता, मानसिक रूप से स्वस्थ भावनाएं और हल्का व्यायाम प्रदरनिवारण में बहुत सहायता मिलती है।

हिस्टीरिया

हालांकि हिस्टीरिया का रोग पुरुषों के भी होता है, लेकिन बहुत कम पुरुष इसके शिकार पाए जाते हैं। हिस्टीरिया के सौ रोगियों में से मुश्किल से 2 पुरुष होते हैं और 98 महिलाएं।

महिलाओं में नवयुवतियां अधिकांश रूप में हिस्टीरिया की शिकार होती हैं। मिरगी भी हिस्टीरिया से मिलता-जुलता ही रोग है लेकिन दोनों के लक्षणों में काफी अन्तर होता है। हिस्टीरिया दौरों के रूप में व्यक्ति पर अपना आक्रमण करता है।

दौरा आने से पहले रोगियों को दौरे का आभास हो जाता है। अतएव वह किसी सुरक्षित स्थान पर बैठ या लेट जाता है। कई रोगिणियों को पेट से एक गोला-सा उठता हुआ अनुभव होता है जो गले में आकर अटकता मालूम होता है, और फिर रोगिणी बेहोश हो जाती है। जबड़ा सख्ती ने बन्द हो जाता है, मुट्टियां सख्ती से भिंच जाती हैं, और हाथ-पैर कभी ऐंठते हैं। कभी-कभी पूरे शरीर में ऐंठनी होती है और रोगिणी ऐंठनी में करवट लेकर खाट से नीचे गिर जाती है। दो-चार सेकण्ड तक सांस ज़ोर से चलती है। कई बार रोगिणी दौरे की दशा में ज़ोर-ज़ोर से रोती है। इन लक्षणों के अलावा दूसरे स्नायविक लक्षण भी हो सकते हैं। ये दौरे कुछ मिनटों में भी खुल जाते हैं और कई-कई घण्टों तक भी कायम रहते हैं। यहां तक कि 24 से लेकर 48 घण्टों तक के दौरे देखे गए हैं। हिस्टीरिया के दौरे दिन में कई बार भी पड़ सकते हैं; और महीनों तक रोगिणी स्वस्थ भी रहती है।

हिस्टीरिया शुद्ध रूप से एक मानसिक रोग है। जो महिलाएं विशेष रूप से उपेक्षित रहती हैं, जिन्हें सहानुभूति और प्रेम नहीं मिलता ; उनके मन की प्रतिक्रियास्वरूप हिस्टीरिया के दौरे उत्पन्न हो जाते हैं। महिलाएं चूंकि अधिक भावुक और कोमल मन की होती हैं, इसीलिए वे भावनात्मक आवेगों के

फलस्वरूप हिस्टीरिया के चंगुल में फंस जाती हैं। प्रायः पति-प्रेम न मिलने पर, पति की किसी दूसरी स्त्री में आसक्ति, सन्तान न होना, घर वालों का दुर्व्यवहार, अल्पायु में वैधव्य, मन की अनेक अपूर्ण इच्छाएं, और भी इसी तरह की दूसरी परिस्थितियां हिस्टीरिया के दौरों के लिए उत्तरदायी होती हैं।

हिस्टीरिया की रोगिणियां प्रायः अनेक काल्पनिक रोगों के लक्षणों से अपने को घिरा पाती हैं; जबकि वास्तव में उन्हें कोई रोग नहीं होता। कभी वे अपने पेट और छाती में दर्द अनुभव करती हैं, कभी ज्वर का आभास होता है, कभी वे समझती हैं, उनके हाथों, पैरों पर फालिज़ पड़ गया है; कभी दिल डूबता-सा लगता है, और यह सब सहानुभूति पाने के लिए उनके अन्तर्मन की चेष्टाएं होती हैं। कई बार रोगिणियां स्वयं अपने को चोट मारकर, पिन चुभोकर दूसरों की सहानुभूति अपनी ओर आकर्षित करना चाहती हैं।

औषधियों द्वारा इलाज हिस्टीरिया में ज़्यादा सफल नहीं होता। वस्तुतःरोगिणी के साथ अच्छा व्यवहार—प्रेम और सहानुभूति बरतने से इस रोग पर बहुत काबू पा लिया जाता है। लेकिन रोगिणी के साथ बहुत सहानुभूति भी नहीं दिखानी चाहिए क्योंकि अनेक बार वह और अधिक सहानुभूति प्राप्त करने के लिए कुचेष्टाएं भी करने लगती है।

यदि रोग अधिक बढ़ा हुआ हो तो मानसोपचारक द्वारा इलाज उपयुक्त रहता है।

दौरे की संभाल—दौरे की दशा में रोगिणी के शरीर के कपड़े ढीले कर देने चाहिए, उसे खूब खुले और हवादार स्थान में रखें। अमोनिया सुंघाएं या चूना और नौसादर मिलाकर सुंघाएं। मुंह पर ठण्डे पानी के छपके दें। नाक में कागज़ की बत्ती डालकर छींक दिलवाने से भी दौरा खुल जाता है।

बालकों के सामान्य रोग

बच्चों के शारीरिक और मानसिक स्वास्थ्य को ठीक रखने के लिए कुछ स्वास्थ्य-नियमों का पालन एवं व्यावहारिक सावधानियों की आवश्यकता होती है। इस सम्बन्ध में निम्नलिखित बातें ध्यान में रखने योग्य है:

1. बिना डाक्टर की सलाह के बच्चे को कोई ताकत की दवा मत पिलाइए। प्रायः माता-पिता बच्चे को मोटा-ताज़ा बनाने के लिए विज्ञापित टॉनिक औषधियां

खिलानी शुरू कर देते हैं—जो कई बार हानिकारक सिद्ध होती हैं। यदि बच्चा तन्दुरुस्त है तो उसे किसी टॉनिक की आवश्यकता नहीं होती।

2. माताओं को चाहिए, वे बालकों को जल्दी-जल्दी दूध न पिलाएं। एक बार का पिलाया दूध तीन-चार घण्टे में पचता है, इसके बाद ही दूध पिलाना चाहिए अन्यथा बच्चों को अपच हो जाता है। इस सम्बन्ध में या तो डाक्टर से हिदायत ले अथवा बाल-पालन-पोषण पर अच्छा साहित्य पढ़ना चाहिए।

3. अज्ञान और भ्रमधारणाओं के कारण बहुत-सी माताएं छोटे (गोद के) बच्चों को पानी नहीं पिलातीं, इस भूल से बच्चों को कई तरह के विकार हो जाते हैं।

4. लाड़-प्यार के कारण जब बच्चों की ज़रूरत से ज़्यादा एहतियात की जाती है, उन्हें हर वक्त कपड़ों से लादकर रखा जाता है, खुली धूप और हवा नहीं लग पाती तो बच्चों का स्वास्थ्य खराब रहने लगता है।

5. जब तक बच्चे के पूरे दाढ़-दांत न निकल आएं तब तक उसे रोटी, टोस्ट अथवा कोई ठोस फल या चबाने वाले भोजन नहीं देने चाहिए। बिना चबा भोजन पेट में जाने पर बच्चों को अजीर्ण, दस्त, कब्ज़ जैसे पाचन-सम्बन्धी दोष पैदा हो जाते हैं जो आगे चलकर बच्चे का जिगर खराब कर देते हैं।

6. छोटे दूध पीने वाले बच्चों को फलों के रस अवश्य पिलाने चाहिए ताकि उनकी लौहतत्त्व की आवश्यकता की पूर्ति होती रहे। दूध में लोहा नहीं होता।

छोटे बच्चों की समस्याएं और रोग

प्रारम्भिक दिनों में होने वाले विकारों को रोग न कहकर समस्याएं कहना ज़्यादा उचित है, क्योंकि अनेक विकार किसी कीटाणु-संक्रमण के कारण न होकर व्यवहार-त्रुटियों से होते हैं। दूध डालना, पतली टट्टियां, बदहज़मी आदि ऐसी ही बातें हैं।

दूध डालना—कई दशाओं में बच्चा स्वाभाविक रूप से दूध उलट देता है।

माता-पिता को इस लक्षण से चिन्तित नहीं होना चाहिए। कब्ज़, अजीर्ण, अधिक दूध पिलाना आदि अनेक कारणों से बच्चा दूध उलट देता है। सभी बच्चे प्रायः दूध उलटते हैं, लेकिन यदि बच्चा कमज़ोर नहीं हो रहा है तो दूध उलटने की ओर से चिन्तित नहीं होना चाहिए।

बदहजमी, अफारा और दस्त—तीन से छ: मास की उम्र तक प्रायः बच्चे पाचन-सम्बन्धी छोटे-मोटे विकारों से पीड़ित हो ही जाते हैं। दूध उलटने के साथ ही पतली टट्टियां भी हो सकती हैं। साथ ही उनके पेट से गन्दी हवा भी निकलती है। ऐसी हालत में डाक्टर की सलाह आवश्यक होती है।

कई बार जब ये लक्षण पैदा होकर खुद ही ठीक हो जाएं तो कोई चिन्ता नहीं करनी चाहिए।

जानने योग्य बात यह होती है कि जो बच्चे ज़्यादातर दूध पर ही रखे जाते हैं उनकी खुराक में विटामिन 'सी' और लौहतत्त्व कम पड़ जाता है। दूध में ये तत्त्व नहीं होते। इसलिए बालरोग विशेषज्ञों का मत है कि बच्चों को तीन मास की आयु से सन्तरा, अनार, मौसम्मी तथा पानी मिला नीबू का रस पिलाना चाहिए ताकि उपर्युक्त दोनों तत्त्वों की पूर्ति होती रहे।

इस सावधानी के अतिरिक्त 'बाल-पाचक चूर्ण' भी इन दशाओं में लाभ करता है।

कब्ज़—कब्ज़ पड़ जाने से भी बच्चे परेशान रहने लगते हैं। अत एव कब्ज़ीले स्वभाव वाले बच्चों को पानी और फलों के रस ज़्यादा तादाद में पिलाने चाहिए। यदि इससे भी कब्ज़ दूर न हो तो किसी दस्तावर दवाई का सहारा लेने के बजाय उसे ग्लिसरीन की बत्ती से टट्टि करानी चाहिए। और बच्चे को नियमित समय पर टट्टि करने के लिए अवश्य बिठाएं ताकि उसे अभ्यास पड़ जाए। कुछ बच्चों की खुराक में जब ठोस भोजन शामिल कर लिया जाता है तो उन्हें कब्ज़ दूर होकर ठीक समय पर मुलायम पाखाना होने लगता है।

बच्चे को भारी कब्ज़ होने की दशा में ग्लिसरीन की पिचकारी में पानी भरकर एनिमा लगाना सुविधाजनक होता है।

सर्दी की खांसी—बच्चों को प्रायः सर्दी लगकर ज़ुकाम और खांसी हो जाते हैं, उनकी नाक बहती है, और सूखी खांसी रहती है। यदि इस हालत पर ध्यान

न दिया जाए तो सर्दी का असर फेफड़ों तक पहुंचकर ब्रांको न्यूमोनिया का रूप धारण कर लेता है। सर्दी की दशा में बच्चे को ज्वर भी हो सकता है।

इस हालत में 6-7 मास तक के बच्चों को 1/4 अण्डे की ज़र्दी और 30 बूंदें ब्राण्डी तीन-चार दिन तक रोज़ सुबह पिलानी चाहिए। खांसी के लिए साफ भुनी अलसी चटाएं। इन उपायों से एक बड़ी हद तक सर्दी से बच्चे की रक्षा हो जाती है।

ब्रांको न्यूमोनिया—जैसाकि ऊपर कहा-जा चुका है, सर्दी का असर फेफड़ों की खास नलिकाओं में पहुंचने पर बालकों को ब्रांको न्यूमोनिया हो जाता है। इस न्यूमोनिया की दशा में बच्चे का श्वास बहुत तेज़ी से चलता है, नथुने जल्दी फूलते हैं, बुखार तेज रहता है, सूखी खांसी कभी कम कभी ज़्यादा उठती है। चूंकि इसमें श्वास-प्रश्वास जल्दी-जल्दी चलता है अतः इसे पसली चलना भी कहते हैं।

एण्टीबायटिक औषधियों एवं सल्फा श्रेणी की दवाइयों ने अब ब्रांको न्यूमोनिया का इलाज बहुत आसान कर दिया है। अतएव पसली चलने के लक्षण प्रकट होते ही बच्चे को डाक्टर के पास ले जाना चाहिए।

डिफ्थीरिया

डिफ्थीरिया बच्चों का रोग है, लेकिन जब-तब वयस्क लोगों पर भी आक्रमण करता है। इसका कोई हिन्दी नाम नहीं है। रोग का हमला खासतौर पर गले और गदूद (टान्सिल) पर होता है, लेकिन कभी-कभी यह जब बढ़ जाता है तो नाक की झिल्ली तक फैल जाता है। गला और टान्सिल लाल पड़ जाते हैं। उनपर एक बहुत बारीक-सी सफेद झिल्ली या पर्दा फैल जाता है। इस झिल्ली को छूते ही खून निकलता है, परन्तु प्रत्येक रोगी के यह पर्दा फैल जाना ज़रूरी नहीं होता। रोग का प्रभाव जब स्वर-रज्जुओं तक फैल जाता है तो हालत गम्भीर हो जाती है। बच्चे की सांस घुटने लगती है। डिफ्थीरिया में बुखार ज़्यादा तेज़ नहीं होता, लगभग 101° डिग्री तक रहता है। परन्तु रोगी को बेचैनी, हड़कल, सिरदर्द और तबीयत की गिरावट रहती है।

डिफ्थीरिया खतरनाक और तेज़ी से बढ़ने वाला रोग है। घर पर इसका कोई इलाज और एहतियात करना बड़ा कठिन होता है; इसलिए रोगी को

डाक्टर के सुपुर्द कर देना चाहिए अथवा अस्पताल भेज देना चाहिए। इस रोग में घण्टे-दो घण्टे की देर भी रोगी की जिन्दगी और मौत का सवाल बन जाती है।

आकस्मिक दुर्घटनाएं और फस्ट एड

फस्ट एड का उद्देश्य

फस्ट एड का उद्देश्य—अचानक दुर्घटनाग्रस्त अथवा अचानक बीमार पड़ जाने वाले रोगी को ऐसी अस्थायी सहायता पहुंचाना है कि डाक्टर की देखरेख में आने तक अथवा अस्पताल पहुंचने तक-उस रोगी का जीवन सुरक्षित रहे; रोगमुक्त होने में सहायता मिले, उसकी हालत खराब न हो और उसे आराम मिले।

बेहोशी—कारण और उपचार

कोई भी व्यक्ति आमतौर पर तभी बेहोश होता है जबकि उसके स्नायुमण्डल एवं मस्तिष्क के काम अस्त-व्यस्त हो जाते हैं। खोपड़ी या सुषुम्ना में चोट लगने से बेहोशी हो जाती है। साधारण चोट अलबत्ता बेहोशी नहीं पैदा करती, बेहोशी अपेक्षाकृत सख्त चोट के कारण ही होती है।

बेहोशी को दो दों में बांटा जा सकता है।

(1) अर्धचेतनावस्था (थोड़ा होश रहना)

(2) पूरी संज्ञाहीनता (पूरी बेहोशी)।

रोगी बेहोशी की किस हालत में है, निम्नलिखित बातों से इसका पता लगाना चाहिए :

- रोगी से बात करके देखिए।
- अर्धचेतनावस्था में बातचीत करने से रोगी कुछ हरकत करता है अथवा थोड़ी बात कहने की कोशिश करता है, जबकि पूर्ण संज्ञहीनता में वह बिल्कुल निश्चेष्ट रहता है।
- अर्धचेतनावस्था में अगर उसकी आंखों के पलक छूए जाएं तो वह

पलकों को चलता है। वह ऐसी चेष्टा प्रकट करता है कि उसके पलक न छुए जाएं, दूसरी ओर पूर्ण संज्ञाहीनता में वह इस तरह की कोई चेष्टा नहीं करता, ।

चेष्टा के कारण—बेहोशी के लिए दो स्थितियां उत्तरदायी होती हैं—कंकशन और कम्प्रैशन। सिर पर सीधी चोट पहुंचने से ये दोनों स्थितियां बन सकती हैं।

कंकशन

कंकशन उस स्थिति को कहते हैं जिसमें मस्तिष्क थोड़ा-बहुत हिल गया हो। इस हिलने से मस्तिष्क द्वारा संचालित शरीर की भिन्न-भिन्न क्रियाएं अस्त-व्यस्त हो सकती हैं। यूं कंकशन की हालत में दिमाग में कोई परिवर्तन नहीं आता। कभी-कभी परोक्ष रूप से सुषम्ना का आधात भी मस्तिष्क को हिला देता है और कंकशन की हालत पैदा हो जाती है। ऊंचाई से पीठ अथवा पैरों के बल गिरने से सुषुम्ना पर या जबाड़े पर आघात बैठने से भी मस्तिष्क में झटका पहुंचकर कंकशन की हालत बन जाती है।

लक्षण और चिह्न—हल्के कंकशन में बेहोशी न्युनाधिक मात्रा में हो सकती है। कई बार चोट लगने पर उसकी आंखों के आगे अंधेरा-सा छा जाता है और रोगी भ्रम की स्थिति में आ जाता है। किन्तु कंकशन की गहरी स्थिति में निम्नलिखित लक्षण होते है:

- चोट पहुंचते ही रोगी गिर पड़ता है।
- ज़मीन पर निचेष्ट पड़ जाता है और बेहोश होता है।
- उसके शरीर के समस्त अंग जिस हालत में होते हैं वैसे ही बने रहते हैं। उनमें कोई हरकत नहीं होती
- उसकी नाड़ी तेज़ और कमज़ोर चलती है॥
- श्वास-प्रश्वास उथला और कराहियत लिए होता है।
- चेहरे की त्वचा का रंग सफेद पड़ जाता है, शरीर पर पसीना आया रहता है, स्पर्श में शरीर ठण्डा होता है। गहरी कंकशन की हालत में वस्तुतः रोगी की कोई गम्भीर शारीरिक हानि नहीं हुई होती है। वह धीरे-धीरे पूरे तौर पर होश में आ जाता है, कई बार जल्दी ही बेहोशी टूट कर होश आ जाता है। होश आने पर कभी-कभी कै हो जाती है और थोड़ा चित्त विभ्रम रहता है। आमतौर पर कंकशन के रोगी को दुर्घटना होने के आगे और पीछे की बातें याद नहीं रहतीं।

कम्प्रेशन

कम्प्रेशन की हालत में दिमाग पर (जो खोपड़ी के भीतर रहता है) वास्तविक दबाव पड़ता है। यह दबाव खून के जमे हुए कतरे के कारण भी हो सकता है या खोपड़ी की हड्डी टूट गई हो तो हड्डी का टुकड़ा भी मस्तिष्क पर दबाव डाल सकता है। ऐसी हालत में कंकशन की स्थिति भी पंदा हो सकती है जो बाद को गहरी बेहोशी में बदल जाए अथवा ऐसा भी होता है कि एक बार होश आने पर फिर बेहोशी छा जाए।

कम्प्रैशन को बेहोशी

कम्प्रैशन की प्रारम्भिक अवस्था में दिमागी उत्तेजना के चिह्न पैदा हो सकते हैं। जैसे :

(क) अंगों की ऐंठनी, चीखना, चिल्लाना, चक्कर आना।

(ख) बेहोशी तत्काल भी हो सकती है, अथवा कुछ समय बाद हो, या पहले अर्धचेतनावस्था आए और फिर वह पूर्ण संज्ञाहीनता में बदल जाए।

(ग) चेहरा लाल और तमतमाया हुआ हो जाता है।

(घ) श्वास-प्रश्वास आवाज़ के साथ होता है।

(ङ) नब्ज़ की रफ्तार बहुत धीमी हो सकती है।

(च) शरीर का तापमान (गर्मी) बढ़ी हुई हो सकती है तथा सिर काफी गरम हो जाता है।

(छ) आंखों की पुतलियों के साइज़ (आकार) में अन्तर आ सकता है। वे फैलकर चौड़ी भी हो जाती हैं।

(ज) शरीर के किसी भाग का पक्षाघात हो सकता है।

प्रारम्भिक नियम

(1) रोगी को खूब खुली हवा मिलनी चाहिए। सावधानी के तौर पर यह देख लेना चाहिए कि रोगी की नाक में कुछ अटकाव तो नहीं हो रहा है।

रोगी जिस स्थान पजें हो वहां कोई गन्दी गैस अथवा धुआं आदि नहीं होना चाहिए।

रोगी के कक्ष के दरवाज़े और खिड़कियां खुली रखनी चाहिए।

रोगी के पास ज़्यादा लोगों की भीड़ नहीं होनी चाहिए।

रोगी के मुंह में नकली दांत हों तो निकाल देना चाहिए।

(2) अगर श्वास-प्रश्वास क्रिया रुकती और फेल होती दिखाई दे तो कृत्रिम श्वास-प्रश्वास क्रिया चालू कर देनी चाहिए।

(3) अगर रोगी का श्वास-प्रश्वास आवाज़ के साथ न होता हो तो उसे पीठ के बल लिटाना चाहिए तथा सिर एवं कन्धों के नीचे एक तकिया लगाकर इन दोनों भागों को ऊंचा कर देना चाहिए, सिर एक ओर घुमा देना चाहिए।

(4) अगर श्वास-प्रश्वास में आवाज़ हो और नाक या मुंह से झाग अथवा बलगम आ रहा हो तो रोगी को 3-4 बार करवट से लिटाना चाहिए; फिर रोगी के अगल-बगल सहारा लगा देना चाहिए; साथ ही उसके घुटनों को मोड़ देना भी अच्छा रहता है। यदि रोगी स्ट्रेचर या चारपाई पर लेटा हुआ हो तो पायताने की ओर से ऊंचा कर देना चाहिए, ताकि बलगम फेफड़ों से बाहर आने में मदद मिले।

(5) गर्दन, छाती, पेट के वस्त्र ढीले कर देने चाहिए।

(6) रोगी को चादर या कम्बल ओढ़ा देना चाहिए, लेकिन गर्मी नहीं पहुंचानी चाहिए।

(7) रोगी को किसी हालत में भी कोई खाना, पानी, दूध, चाय आदि देने की कोशिश नहीं करनी चाहिए।

(8) रोगी को जल्दी से जल्दी अस्पताल पहुंचा देना चाहिए अथवा डाक्टर को दिखाना चाहिए।

(9) अगर रोगी को होश आने लगे तो उसके ओठों को पानी से तर कर देना चाहिए। होश आने पर, यदि पेट में कोई चोट पहुंचने का शक न हो तो एक-एक घुंट पानी दिया जा सकता है। बशर्ते कि रोगी पानी मांगे।

त्वचा पर लगने वाली गुम चोटें

गुम चोटों का मतलब है, जहां जिल्द कटी-फटी न हो और खून बाहर न निकला हो। इसके साथ ही यह भी प्रत्याशित है कि चोट से हड्डी टूटने जैसी गम्भीर क्षति नहीं हुई है।

नील पड़ना या गूमड़ा उठना

इस दशा में खून बाहर न निकलकर जिल्द के नीचे जमा हो जाता है। ऐसा वहां की केशिकाओं के फटने से होता है। लेकिन यह भीतरी रक्तस्राव नहीं होता, अपितु उससे भिन्न दशा है। 'नील' और 'गूमड़े' में यह अन्तर होता है कि केशिकाओं द्वारा कम रक्तस्राव होने पर चुटीली जगह जब थोड़ी सूजती है तो उसे नील पड़ना कहा जाता है। और केशिकाओं से जब कुछ अधिक रक्त निकलकर ज़्यादा उभार आ जाता है तो उसे गूमड़ा कहा जाता है। और इन दोनों दशाओं में हीउ स भाग का रंग काफी नीलापन लिए हुए सुर्खी वाला होता है। ये गुम चोटें अनेक प्रकार से लगती हैं, जैसे—लाठी लगने से, ऊंची जगह से गिरने पर, ठोकर लग जाने पर, अथवा दूसरे किसी प्रकार की आकस्मिक चोट नील या गूमड़ा डाल देती है। वस्तुतः ये चोटें साधारण क्षेणी की होती हैं।

यूं इनमें किसी खास चिकित्सा की आवश्यकता नहीं होती। लेकिन जन-साधारण का व्यवहार ऐसी चोटों के प्रति बड़ी अवैज्ञानिक होता है। चोट लगने पर दूसरे लोग फौरन ही चुटीली जगह की मालिश शुरू कर देते हैं। वैज्ञानिक दृष्टि से चोटों को कभी नहीं मलना चाहिए। मालिश से उस स्थान पर और ज़्यादा खून आता है और सूजन बढ़ जाती है। मालिश से रोगी की पीड़ा बढती है।

वस्तुतः ऐसी दशा में उस स्थान पर रुई रखकर हल्की-सी पट्टी बांध देनी चाहिए ताकि चुटीले अंग को आराम मिले। आराम से नील अथवा गूमड़ा खुद ठीक होने लगते हैं। लेकिन यदि किसी स्थान का गूमड़ा काफी बड़ा हो तो उसपर ठण्डे पानी का कपड़ा या वर्फ की थैली रखनी चाहिए।

रक्तस्राव–अर्थात् खून निकलना

किसी भी प्रकार की आकस्मिक घटना होने पर त्वचा कट-फटकर खून निकल सकता है। रक्त की तादाद मामूली हो सकती है और खतरनाक तौर पर ज़्यादा भी हो सकती है।

रक्तस्राव को तीन श्रेणियों में बांटा गया है :

1. धमनी कट जाने पर,

2. शिरा कट जाने पर,

3. छोटी-छोटी के शिकाएं कटने पर।

1. धमनी द्वारा रक्तस्राव—धमनियां शरीर में गहराई पर होती हैं। जख्म गहरा होने पर जब धमनी कटती है तो खून झटकों के साथ उबल-उबलकर निकलता मालूम होता है। चूंकि इन धमनियों में शुद्ध रक्त रहता है, इसलिए खून का रंग चमकदार लाल होता है।

2. शिरा द्वारा रक्तस्राव—शिराएं अशुद्ध रक्त ले जाती हैं और धमनियों के विपरीत शरीर के ऊपरी भाग में रहती हैं। इसलिए जब कोई शिरा कटती है तो रक्त झटकों के साथ नहीं निकलता बल्कि निरन्तर एक ही जगह से बहता है। इस खून का रंग वसा चमकीला लाल नहीं होता है।

3. केशिकाओं से होने वाला रक्तस्राव—के शिकाएं रक्त धारण करने वाली बहत बारीक नलिकाएं होती हैं। इनके कटफट जाने पर रक्तस्राव, जिल्द की पूरी सतह पर रिसता दिखाई देता है। मामूली रगड़ में केशिकाएं ही कटती-फटती हैं।

सावधानी—खून बहना देखकर प्रायः लोग घबरा जाते हैं, और उनकी यह कोशिश होती है कि रक्तस्राव एकदम बन्द कर दिया जाए। इस घबराहट और जल्दबाज़ी में बहुत बार लोग गलत काम कर बैठते हैं।

वास्तव में रक्तस्राव की स्थिति सामने आने पर घबराना नहीं चाहिए। रक्तस्राव शरीर के लिए घातक ज़रूर हो सकता है परन्तु एक पिण्ट (लगभग 600 ग्राम) तक रक्त अगर शरीर से निकल भी जाए तो ज़्यादा हानि नहीं होती। अलबत्ता इससे ज़्यादा खून निकलने पर रोगी ज़रूर ही निढाल हो सकता है। उसे ठण्डे पसीने भी आ सकते हैं। नाड़ी और दिल की हरकत तेज़ हो सकती है। खून की कमी के कारण रक्त का दबाव घट सकता है। रोगी को श्वास लेने में तकलीफ भी हो सकती है। कई बार रोगी बेहोश भी हो सकता है।

सही इलाज—रक्तस्राव की दशा में पानी सबसे सरल और वैज्ञानिक दवा होती है। पानी ऐसी वस्तु है जो प्रायः सब जगह और सब समय मिल जाता है। अतः ज़ख्म को फौरन पानी से धोकर घाव के मुताबिक छोटी या

मोटो मुलायम कपड़े की गद्दी ठण्डे पानी में डुबोकर घाव पर रखनी चाहिए; फिर पट्टी लपेट देनी चाहिए। इस पट्टी और कपड़े को निरन्तर पानी से तर रखें। अगर मौसम गर्मी का हो और नज़दीक ही बर्फ आसानी से मिल सके तो यह सारे उपचार बर्फ के पानी से करने ठीक होंगे। अगर मुमकिन हो तो पट्टी के ऊपर भी बर्फ की डली रख दें। शिरा या धमनी कटने पर जल्दी ही खून नहीं रुक पाता; ऐसी हालत में चोट हाथ या पैर पर हो तो उस हिस्से को शरीर से ऊपर उठा देना चाहिए। अगर चोट सिर या चेहरे पर हो तो रोगी को बिस्तर पर बिठाकर उसके पीछे सहारे के लिए मोटे-मोटे तकिये लगा देने चाहिए। करवटों में चोट होने पर रोगी को दूसरी करवट से लिटाना चाहिए ताकि चोट वाला स्थान ऊपर रहे। पेट पर चोट लगने पर रोगी को आराम से चित लिटाएं।

अधिक रक्तस्राव होने पर उस अंग से सम्बन्धित धमनी पर दबाव डालकर खून बन्द किया जा सकता है।

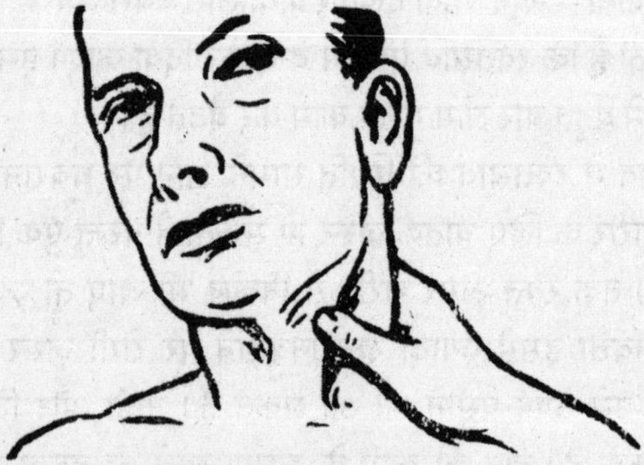

चित्र—४

• गर्दन और उससे ऊपर के हिस्सों के खून बन्द करने के लिए गर्दन से गुज़रने वाली धमनी पर दबाव डालना चाहिए—देखो चित्र 4।

• छाती की चोटों का रक्तस्राव रोकने के लिए चित्र में दिखाए अनुसार

कालर की हड्डी के नीचे जाने वाली धमनी पर दबाव डालना चाहिए। इस जगह हल्का-सा गढ़ा होता है। उसीके नीचे से धमनी गुज़रती है। यहां दबाव पड़ने से धमनी अंगूठे और पहली पसली के बीच में पड़कर दबती है।

चित्र—५

● कोहनी से नीचे के रक्तस्राव के लिए भुजा की बगल से गुज़रने वाली धमनी दबानी चाहिए। (चित्र 6)

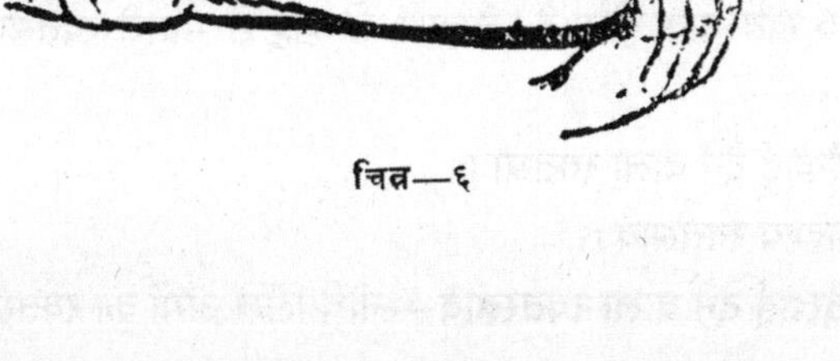

चित्र—६

जंघा के रक्तस्राव के लिए रोगी का बिठाना मुनासिब होता

है। और चित्र 7 में दिखाए मुताबिक जंघा की जड़ में ऊपर की तरफ अंगूठों से धमनी को दबाना चाहिए। इस स्थान पर पूरा दवाब डालकर टांग से निकलने वाले किसी भी स्थान के रक्त-स्राव को रोका जा सकता है।

चित्र—७

शरीर के भीतरी भागों से खून निकलना

चोटों और दुर्घटनाओं द्वारा जिस तरह शरीर के बाहरी हिस्सों से रक्तस्राव होता है उसी तरह भीतरी अंगों में चोट पहुंचने पर भी हो सकता है। भीतरी रक्तस्राव कई तरह की चोटों के फलस्वरूप होता है। जैसे—कुचला जाना, धक्का लगना, हड्डी टूटना, छुरा या गोली लगना। इसके अलावा कई गम्भीर और पुरानी बीमारियों में भी रक्तस्राव हो जाता है। बाहरी भागों की अपेक्षा, भीतरी अंगों का रक्तस्राव खतरनाक होता है। लक्षणों की दृष्टि से भीतरी रक्तस्राव दो तरह का होता है :

1. दिखाई देने वाला रक्तस्राव।
2. अदृश्य रक्तस्राव।

1. दिखाई देने वाला रक्तस्राव—नीचे लिखे अंगों का रक्तस्राव ज़ाहिर हो जाता है।

● फेफड़ों से रक्तस्राव होने पर खांसी उठकर खून आता है।यह खून झागदार चमकीला लाल होता है।

● पेट से रक्तस्राव होने पर वमन (कै) के साथ खून आता है। रंग गहरा लाल या कुछ कालापन लिए लाल होता है।

● ऊपर की (छोटी) आंतों से खून निकलने पर खून पाखाने के साथ मिलकर आता है, जिसका रंग तारकोल की तरह काला होता है। पानी डालने पर काला रंग घुलकर लाल हो जाता है।

● नीचे की (बड़ी) आंतों से रक्तस्राव होने पर खुन अपने असली लाल रंग में पाखाने के साथ मिला हुआ दिखाई देता है।

● गुर्दों से रक्तस्राव होने पर खून पेशाब के साथ मिलकर आता है। पेशाब का रंग काले धुएं जैसा अथवा लाल होता है। इस स्थिति में कमर के नीचे के भाग में जहां दोनों गुर्दे होते हैं, वहां दर्द भी अनुभव हो सकता है।

● मूत्राशय (मसाने) से रक्तस्राव होने पर खून पेशाब के साथ ही निकलता है। तब पेशाब करने में रोगी को काफी पीड़ा भी होती है।

2. अदृश्य रक्तस्राव—हड्डी टूटकर जब भीतर ही भीतर मांस में धुस जाती है तो उस जगह काफी खून निकल सकता है, जो दिखाई नहीं देता। इसके अलावा दूसरे भीतरी अंगों जैसे जिगर, तिल्ली या पैन्कृआज से रक्तस्रव होने पर वह उदर में ही जमा हो जाता है। यह रक्तस्राव बाहर दिखाई नहीं देता। इस तरह का रक्तस्राव काफी खतरनाक होता है। अगर रोगी में ऐसे रक्तस्राव के लक्षण मौजूद हों तो इस बात का पता लगाना चाहिए कि रोगी का उदर कहीं पिचा तो नहीं अथवा उदर में कोई आघात तो नहीं पहुंचा है।

अदृश्य रक्तस्राव के लक्षण :

● बैठने से सिर में चक्कर आना तथा बेहोशी।

● चेहरे और ओठों का सफेद पड़ जाना।

● जिल्द पर ठण्डापन आना।

● बहुत तेज़ प्यास लगना।

● बेचैनी, उत्तेजना और ज़्यादा बोलना।

● नाड़ी प्रायः पतली और तेज चलती है और कलाई पर अनुभव नहीं होती।

● सांस लेने में रोगी को कष्ट होता है। साथ ही परिश्रम पड़ता है। रोगी कराहता और जम्हाइयां लेता है।

● रोगी हवा की कमी अनुभव करता है और अधिक वायु पाने के लिए छटपटाता है।

ऊपर दिए हुए सभी लक्षण रोगी को गहरा सदमा लगने के कारण भी हो सकते हैं लेकिन तेज़ प्यास और हवा के लिए छटपटाना और बेचैनी का अनुभव भीतरी रक्तस्राव होने के पक्के चिह्न हैं। कहना न होगा कि यह अवस्था रोगी के लिए खतरनाक होती है।

इलाज—जल्दी से जल्दी रोगी को अस्पताल भेजना चाहिए। "भीतरी रक्तस्राव का सन्देह है" ऐसा नोट लिखकर भेज देना चाहिए। हालांकि ऐसे ज़ख्मों से ज़्यादा खून तो नहीं निकलता, मगर इनका इलाज डाक्टर से ही कराना चाहिए, ताकि जहरीला प्रभाव पूरे खून में न फैले।

पागल कुत्ते, गीदड़ आदि का काटना

इन पशुओं के काटने से 'जल संत्रास' (हाइड्रोफोबिया) नाम का रोग हो जाता है। 'जल संत्रास' में रोगी पानी से डरता है। वस्तुतः पानी से डरना एक ऐसा लक्षण होता है जो कि पागल कुत्ते, भेड़िये या पागल गीदड़ के काटने से हो जाता है। भेड़िये या गीदड़ द्वारा काटे जाने के मौके तो शायद नहीं आते लेकिन पागल कुत्ते अक्सर लोगों को काट लेते हैं। इन पागल जानवरों की लार में एक तरह का जहर होता है जो कि खून के साथ मिल जाने पर ही असर करता है। जब कुत्ता काटता है तो अपने कीले मांस में गड़ा देता है और खून में जहर पहुंच जाता है।

पागल कुत्ते के काटने का केवल एक यही इलाज होता है कि काटने के बाद 15 दिन के अन्दर रोगी को अस्पताल (कुत्ते काटे के इलाज के अस्पताल अलग होते हैं) भेजकर, इन्जेक्शन लगवाने शुरू कर देने चाहिए। देर करने पर अगर ज़हर का असर शरीर में हो जाता है तो फिर उसका कोई इलाज नहीं हो सकता।

काटे हुए घाव को अच्छी तरह डैटोल या पोटाशियम परमैग नेट के पानी

से धोकर और उसी पानी में कपड़ा भिगोकर रुई रखकर पट्टी बांधकर अस्पताल या डाक्टर के पास भेज देना चाहिए। कुत्ते के काटे के इन्जेक्शन 7 दिन से 15 दिन तक लगते हैं।

सांप द्वारा दंश (काटना)

सांप द्वारा काटे जाना एक गम्भीर दुर्घटना होती है। यह दुर्घटना दुखान्त और सुखान्त दोनों रूप में ही सामने आती है।

सांप अपने ऊपर के दांतों को शरीर में गड़ाकर इन्जेक्शन की तरह खून में विष प्रवेश करा देता है। दरअसल लोग सांप की जीभ से डरते हैं लेकिन जीभ से कोई हानि नहीं पहुंचती। जब जहरीला सांप काटता है तो दो . . इस प्रकार के निशान होते हैं। अगर निशान दो से अधिक हों तो समझना चाहिए कि जहरीले सांप ने नहीं काटा है। दूसरी ओर इसका यह भी मतलब है कि सांप ने अपने जहरीले दांत नहीं गड़ाए हैं। ज़्यादातर सांप हाथों या पैरों की अंगुलियों में, अंगूठों में, टखने पर या हाथ में काटता है। सोया हुआ व्यक्ति काटने पर जाग जाता है; उसे कोई चीज़ चुभने जैसी तकलीफ होती है। शुरू में दर्द ज़्यादा नहीं होता। आगे उत्पन्न होने वाले लक्षण सांप की जाति पर होते हैं।

भारत में दो जहरीली जाति के सांप मिलते हैं : 1. कोबरा, 2. वाइपर। कोबरा के काटने का प्रभाव खून में इतना नहीं होता जितना स्नायुमण्डल प्रभावित होता है। और इसका यह फल निकलता है कि व्यक्ति के श्वास-प्रश्वास केन्द्र पर फालिज़ का असर होकर वह मर जाता है। वाइपर के ज़हर का असर स्नायुओं पर कम किन्तु खुन पर ज़्यादा होता है। खून में जमने की ताकत नहीं रहती इसलिए वह लगातार बहता है। इससे लोग समझते हैं कि खून का पानी बन गया।

सांप काटने के इन्जेक्शनों में, ऊपर कहे दोनों जाति के सांपों के ज़हर को मार देने की शक्ति होती है। कोबरा ने काटा हो तो रोगी को बेहोशी-सी होने लगती है, क्योंकि उसका प्रभाव दिमाग और स्नायुमण्डल पर ज़्यादा हुआ होता है। टांगों में खड़े होने की ताकत नहीं रहती। किसी-किसी रोगी को उल्टी (कै) भी होने लगती है। इसके बाद उसे सांस लेने में तकलीफ होने लगती है। फिर उसका बोल भी बन्द होने लगता है और वह कोई चीज़ निगल नहीं

सकता। ज़बान बाहर निकल आती है। प्रायः मुंह से झाग आने लगते हैं। इसके साथ ही पूरा बदन सख्त होकर अकड़ने लगता है। कई बार ठण्डे पसीने भी छूटते हैं। ये सभी लक्षण अच्छे नहीं होते। कुछ घण्टों में रोगी बेहोश होकर मर जाता है। परन्तु कभी-कभी ऐसा भी होता है कि रोगी कई दिन तक बचा रह जाता है। तब ज़हर उसके शरीर से फूट पड़ता है, फलस्वरूप हाथ-पैर सूज जाते हैं, काटे हुए स्थान पर छाले पड़ जाते हैं। मसूढ़ों तथा नाक से खून बहने लगता है। इन लक्षणों का कसोबेश होना, शरीर में पहुंची विष की मात्रा पर निर्भर करता है। जैसाकि ऊपर लिखा जा चका है, वाइपर के काटने पर स्नायविक लक्षण कम होते हैं, किन्तु फिर भी वे विष की मात्रा पर निर्भर करते हैं। अगर विष ज़्यादा तादाद में पहुंचा होता है तो रोगी बहुत जल्री मर जाता है। लेकिन यदि रोगी कुछ समय तक बचा रहता है तो काटने के स्थान पर बने ज़ख्म से बराबर रक्तस्राव होता रहता है। कुछ देर बाद नाक, आंखें और मुंह से भी खून बहना प्रारम्भ हो जाता है, क्योंकि खून में जमने की शक्ति समाप्त हो चुकी होती है। तब रोगी एक ओर जहरीले प्रभाव से और दूसरी ओर अधिक रक्तस्राव के कारण मर जाता है। वस्तुतः उसका खून किसी उपचार से रुक नहीं पाता।

इलाज के संदर्भ में पहले यह जानने की जरूरत होती है कि कोन से सांप ने काटा है। अगर सम्भव हो सके तो सांप को तलाश करना चाहिए। अक्सर ऐसा होता है कि काटने वाला सांप जहरीला नहीं होता, किन्तु रोगी सिर्फ सदमे से मर जाता है।

इलाज—काटे हुए स्थान से कुछ ऊपर की ओर कसकर एक बन्ध बांध देना चाहिए ताकि रक्त-संचार में मिलकर खुन पूरे शरीर में न फैले। अगर सांप ने हाथ या पैर में काटा है तो बन्ध कोहनी अथवा घुटने के नीचे नहीं बांधने चाहिए। इन दोनों भागों में दो हड्डियां होती हैं और रक्त की नलिकाएं उनके मध्य से जाती हैं; अतः इन स्थानों के बन्ध रक्त को नहीं रोक पाते। बन्ध कोहनी और घुटनों के ऊपर बांधना चाहिए। बन्ध लगाने के साथ ही डाक्टर को बुलाना चाहिए।

बन्ध के पश्चात् काटे हुए स्थान को चाक से थोड़ा चीरकर वहां पोटाशियम परमैगनेट के कुछ दाने भर देने चाहिए। अगर किसी कारण ऐसा न किया जा

सके, या सांप ने छाती, पेट या गर्दन में काटा हो—जहां कि बन्ध नहीं बांधा जा सकता हो तो फिर ज़ख्म को मुंह से चूस डालना ही सर्वोत्तम इलाज होता है। परन्तु चूसने वाले के मुंह में कोई घाव या छाला नहीं होना चाहिए। चूसने वाले को एहतियात के तौर पर अपने मुंह में रुई या कपड़े का टुकड़ा रख लेना चाहिए।

जहां डाक्टर न मिल सके, फिर वहां जल-चिकित्सा का आश्रय लेना ही सर्वोत्तम रहता है। जल-चिकित्सा का सिद्धान्त यह है कि सांप का जहर शरीर में इतनी अधिक और तेज़ गर्मी पैदा कर देता है कि रोगी अतिरिक्तं गर्मी के कारण मरता है। कदाचित् इसी सिद्धान्त पर सांप के काटे मुर्दे को जलाया नहीं जाता बल्कि पानी में बहा दिया जाता है। इस तरह की घटनाएं होती हैं कि बहाया हुआ मृत व्यक्ति जी उठता है।

पानी की निरन्तर ठण्डक से जहर की गर्मी मर जाती है तथा रोगी की प्राण-रक्षा हो जाती है। बेहतर यह होता है कि रोगी को शुरू से ही पानी में रखा जाए या फिर उसके सिर पर लगातार पानी डालते रहना चाहिए। इन उपचारों से रोगी के बच जाने की सम्भावना बढ़ जाती है। पानी की यह क्रिया निरन्तर 12 घण्टे तक जारी रखी जा सकती है।

चूह का काटा

चूहे में भी एक प्रकार का जहर होता है, इसलिए चूहे के काट लेने पर व्यक्ति रोगी हो जाता है। परन्तु चूहे के जहर से आदमी मरता नहीं। कई बार चूहे के काटने पर सांप के काटने का भ्रम हो जाता है। परन्तु काटे हुए स्थान की जांच से यह भ्रम दूर हो जाता है। यूं सांप के काटने पर ज्यों सुई चुभने के समान दर्द होता है, चूहे के काटने पर दर्द कुछ अधिक और भिन्न प्रकार का होता है, तथा जहां सर्पदंश के सिर्फ दो निशान बनते हैं, वहां चूहे के दांत ऊपर-नीचे दोनों ओर गड़ते हैं। वे सांप की अपेक्षा गहरे भी बैठते हैं।

अक्सर छोटे सोते हए बच्चे चहे काटे के अधिक शिकार होते हैं, यूं बहुत मर्तबा चहे बड़े आदमियों को भी काटते हैं। सांप की तरह चूहों का हमला भी हाथों-पैरों पर ही होता है।

चूहों के काटने पर दो तरह के लक्षण उत्पन्न होते हैं जो चूहों के शरीर में

रहने वाले दो भिन्न प्रकार के कीटाणुओं द्वारा उत्पन्न होते हैं।

पहले प्रकार के लक्षण—काटे हुए स्थान के आसपास की गांठे सूज जाती हैं। सर्दी लगकर बुखार हो जाता है, और शरीर के अंगों में सख्ती और अकड़ाहट आ जाती है।

दूसरे प्रकार के लक्षण—इनमें बुखार के साथ ही गले में जख्म हो जाते हैं, सिर दुखने लगता है, शरीर पर पित्त उभर आता है, वमन होने लगती है शरीर के जोड़ सख्त पड़ जाते हैं।

चहा काटे रोगी को फौरन ही डाक्टर के पास ले जाना चाहिए। डाक्टर प्रारम्भ में ही घाव को साफ करके अथवा जलाकर ज़हर को वहीं खतम कर देता है जिससे लक्षण नहीं बढ़ पाते।

जोड़ों में मोच आ जाना

मोच हाथों और पैरों (टखनों) के जोड़ों में ही ज़्यादातर आती है, लेकिन हाथ (कलाई) की अपेक्षा टखनों में ही अधिक आती है। चूंकि हम पैरों से चलते हैं, इसलिए टखने मोच से अधिक प्रभावित होते हैं।

मोच का मतलब होता है किसी भी जोड़ का झटके के साथ एक खास दिशा में मुड़ जाना। इस तरह मुड़ने में हड्डियों को परस्पर बांधने वाले बन्धन अतिरिक्त रूप से खिंच जाते हैं। यहां तक कि अन्दर ही अन्दर उनका थोड़ा-बहुत हिस्सा फट या चिर जाता है। मोच आने पर वहां स्थानीय रूप से थोड़ा-बहुत खून आकर जमा हो जाता है इसीलिए मोच का स्थान सूज जाता है।

मोच खाए हुए भाग को पूरा आराम देना चाहिए। अतएव उस स्थान पर रुई रखकर पट्टी बांध देनी चाहिए ताकि वह भाग हरकत में न आए। मोच चाहे जितनी सख्त क्यों न हो, पूरा आराम देने से बिल्कुल ठीक हो जाती है। वस्तुत: आराम से फटे हुए बन्धन कुदरती तौर पर पूरी तरह जुड़ जाते हैं। सख्त मोच की हालत में रोगी को तीन-चार सप्ताह तक आराम की ज़रूरत हो सकती है

मोच आने पर हमारे यहां मालिश करने का रिवाज़ है, किन्तु यह अवैज्ञानिक है, मालिश कभी नहीं करनी चाहिए। गूमड़े और नील की तरह ही मोच में भी मालिश से दर्द और सूजन बढ़ जाती है। अतएव चोट-मोच के पहलवानी

चिकित्सकों के पास जाकर कभी मोच नहीं मलवानी चाहिए।

पैर में मोच तभी आती है जब किसी कारण झटके के साथ पैर भीतर की ओर मुड़ जाता है। मोच की दशा में पैर ज़मीन पर नहीं टिक पाता; टिकाने पर बहुत पीड़ा होती है। यदि दर्द असह्य हो तो गर्म पानी में नमक डालकर पैर पानी में डुबो देना चाहिए। फिर ऊपर लिखे अनुसार रुई रखकर और कुछ सख्त पट्टी बांधकर रोगी को आराम से बिस्तर पर लिटा देना चाहिए।

हाथ (कलाई) की मोच का इलाज भी इसी तरह करना चाहिए। कलाई की मोच में रोगी को लेटने की ज़रूरत नहीं पड़ती। गले में पट्टी लटकाकर कलाई को आराम पहुंचाया जा सकता है।

जोड़ों का उखड़ना

शरीर में जहां-जहां दो या दो से अधिक हड्डियां मिलती हैं वे ही जोड़ के स्थान हैं। ये जोड़ तीन तरह के होते हैं :

1. जो हिल-डुल नहीं सकते—जैसे खोपड़ी की हड्डियों के जोड़।

2. थोड़ी हरकत करने वाले जोड़—जैसे रीढ़ की हड्डियों के जोड़।

3. कुछ दिशाओं में अच्छी तरह घूमने वाले—जैसे कन्धे, कोहनी, कलाई, अंगुली, कल्हे, घुटने, टखने और पैर के अंगूठे के जोड़। इस तीसरी तरह के घुटने, अंगुली और कलाई के जोड़ों की बनावट कूल्हे और कन्धों के जोड़ों से भिन्न है। कूल्हे और कन्धों के जोड़ों में एक हड्डी का गोल गेंदनुमा सिरा दूसरी हड्डी के गढ़े में फिट होता है। जबाड़े का जोड़ भी इसी तरह का है।

हड्डी के एक सिरे का अपने स्वाभाविक स्थान से हटने को जोड़ उखड़ना कहते हैं। कोई दुर्घटना होने पर जब किसी जोड़ पर कोई आघात बैठता है या कन्धा, कोहनी, कलाई आदि झटके के साथ जरूरत से ज़्यादा मोड़ खा जाते हैं तब जोड़ उखड़ने की हालत पैदा हो जाती है। मोच आने, हड्डी टूटने और जोड़ उखड़ने के कारण प्रायः एक समान होते हैं। दुर्घटनाओं के अलावा बहुत बार अखाड़े में कुश्ती लड़ते हुए या जोरदार कसरत करते हुए भी जोड़ उखड़ जाते हैं। कोई भी जोड़ परिस्थितिवश उखड़ सकता है। लेकिन कन्धे और जबड़ों के जोड़ ही ज़्यादातर उखड़ते हैं। कन्धे या किसी भी दूसरे जोड़ के उखड़ने की स्थिति में

हालांकि मोच की अपेक्षा कम दर्द होता है,। लेकिन रोगी उस अंग को हिलाने-डुलाने में असमर्थ हो जाता है।

जोड़ उखड़ने का खास लक्षण यह होता है कि उस जोड़ की सूरत दूसरे जोड़ से भिन्न हो जाती है। उखड़े भाग पर सूजन भी आ सकती है।

जोड़ को अपने स्थान पर विठाने का काम हरेक व्यक्ति को नहीं करना चाहिए। यह काम विशेषज्ञ डाक्टर का ही होता है। हमारे यहां अखाड़े के उस्ताद जोड़ बिठाने में भी अपने को विशेषज्ञ मानते हैं। वे जोड़ भले ही बिठा दें लेकिन उनके इलाज के तौर-तरीके अवैज्ञानिक और अविश्वसनीय होते हैं।

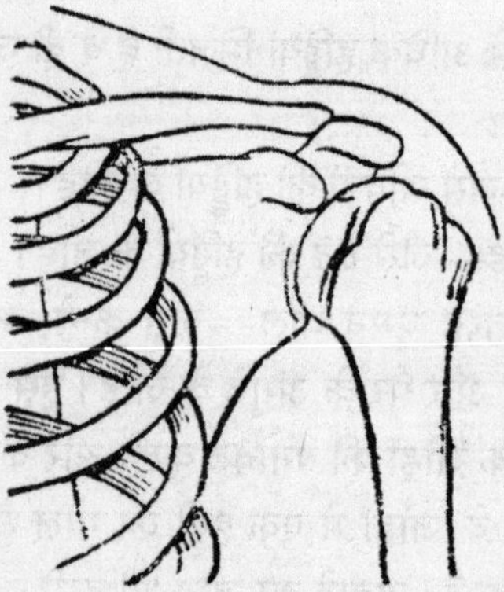

चित्र—८ (क)
कंधे का जोड़ (प्राकृतिक स्थिति)

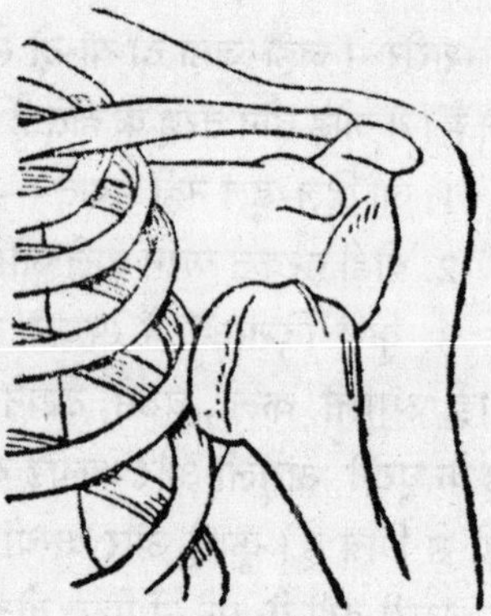

चित्र—८ (ख)
उखड़ा हुआ जोड़

जब-तब जोड़ उखड़ने के साथ ही हड्डी भी टूट जाती है, ऐसी दशा में बिना एक्स-रे कराए उस अंग के साथ छेड़-छाड़ करना बहुत गलत कदम हो जाता है।

जोड़ उखड़ जाना कोई खतरनाक दुर्घटना नहीं होती, अतः रोगी को दो-चार घण्टे बाद तक भी अस्पताल या डाक्टर के पास ले जाया जा सकता है।

इससे पहले सिर्फ इतना करना चाहिए कि उखड़े जोड़ पर कोई कड़ा गत्ते का टुकड़ा या बांस की खपच्ची (स्प्लिण्ट) रखकर ऊपर से रुई फैलाकर पट्टी बांध देनी चाहिए, ताकि चोट जैसी है वैसी ही रहे।

जोड़ ठीक बैठ जाने के बाद उस जोड़ को काफी लम्बे समय तक आराम दिया जाता है। इसलिए जोड़ पर तख्ती बांध दी जाती है। वस्तुतः आराम इस लिए दिया जाता है कि जोड़ ढीला पड़कर दुबारा न उखड़े। अतएव उस अंग से जल्दी कोई हरकत शुरू नहीं करनी चाहिए।

जबड़े का जोड़ उखड़ना, दूसरे जोड़ों की अपेक्षा बहुत भिन्न होता है। जम्हाई लेते समय ज़्तादा मुंह फाड़ने से, अधिक मुंह फाड़कर हंसने से अथवा दूसरे किसी कारणवश जब असाधारण रूप से मुंह खुल जाने पर नीचे का जबड़ा अपनी जगह से हट कर नीचे की तरफ लटक जाता है, फिर वह व्यक्ति अपना मुंह बन्द नहीं कर पाता। वह अच्छी तरह बोल भी नहीं पाता। नीचे की दन्तपंक्ति ऊपर के दांतों से आगे बढ़ जाती है। कई बार मुंह से लार भी टपकने लगती है। कभी-कभी जबड़ा एक ही ओर से भी उखड़ता है। तब नीचे का भाग उसी ओर झुककर टेढ़ा हो जाता है। जबड़े को चढ़ा देने का काम कोई जोखिम-भरा नहीं होता; इसे घर पर ठीक किया जा सकता है।

पहले रोगी के दांतों के मध्य कोई लम्बा-चौड़ा कार्क या कपड़े की गद्दी इस तरह फंसा देनी चाहिए कि वह वहां से हट न पाए। फिर अपने दोनों हाथों के अंगूठों को रोगी की नीचे की दाढ़ों पर टेककर जबड़े को नीचे और पीछे की तरफ दबाना चाहिए, एवं साथ-साथ ही अंगुलियों से ठोढ़ी को ऊपर उठाने की कोशिश करनी चाहिए। उपचार करने वाले व्यक्ति को यह समझ लेना चाहिए कि नीचे के जबड़े जो सींग के समान भाग, ऊपरी जबड़े के गढ़ों से निकल आए हैं—उन्हें वापस गढ़ों में बिठा देना है। ये भाग अपनी जगह पर बैठते ही मुंह एक झटके के साथ बन्द होगा, अगर दातों के बीच कार्क या गद्दी नहीं होगी तो उपचार करने वाले के अंगूठे दोनों जबड़ों के बीच कुचले जा सकते हैं।

कालर की हड्डी (हंसली) भी अपने जोड़ से कई बार हट जाती है और कूल्हे की हड्डी भी अपने गढ़े से निकल जाती है। कालर की हड्डी हटने पर बांह पर लटकाने वाली पट्टी बांध देनी चाहिए। और जंधा का जोड़ उखड़ने पर वहां तख्ती

बांधी जाती है जिस तरह जंधा की हड्डी टूटने के उपचार में बंधती है। इसके आगे डाक्टर का काम होता है।

घुटने की टोपी हटना

घटने की टोपी में दो अर्धचन्द्राकार मुलायम हड्डियां होती हैं जिनमें एक बाहर और दूसरी भीतर की ओर रहती है। यदि किसी समय घुटने का जोड़ झटके के साथ मुड़ जाता है तो टोपी अपने स्थान से हट जाती है अथवा कभी-कभी मुलायम हड्डी के बन्धन फट जाते हैं, और हड्डियां अलग होकर दोनों बड़ी हड्डियों के सिरों के मध्य फंस जाती हैं। यह स्थिति ऐसी होती है कि कि घुटने का जोड़ जाम हो जाता है, न फैलता है, न मुड़ता है।

इस टोपी को यथास्थान बिठाने की कोशिश करनी चाहिए। रोगी को चित लिटाइए और उसकी टांग जितनी अधिक से अधिक मोड़ी जा सके मुड़वा देनी चाहिए। अगर इस हद तक मुड़ जाए कि रोगी का घुटना उसके कन्धे तक पहुंच जाए तो बहुत ही अच्छा होगा। अब रोगी का पैर का पंजा पकड़कर मजबूती से बाहर की ओर घमाइए, फिर रोगी से कहिए कि अपनी टांग को तेज़ी के साथ सीधी करे। जब रोगी टांग सीधी करने लगे तो उसकी मदद करनी चाहिए, और तभी पैर के पंजे को भीतर की तरफ मोड़ना चाहिए। इस क्रिया से टोपी, एक आवाज़ के साथ अपनी जगह बैठ जाएगी और तब टांग पूरी फैल जाएगी।

हड्डी टूटना (फ्रैक्चर)

हड्डी टूट जाने को अंग्रेजी में फ्रैक्चर कहा जाता है। हम भी सुविधा के लिए इस अध्याय में हड्डी टूटने के लिए 'फ्रैक्चर' शब्द का ही इस्तेमाल करेंगे। फ्रैक्चर की स्थिति बहुत आसानी से ठीक हो जाने वाली भी हो सकती है और इतनी गम्भीर भी होती है कि रोगी की जान का खतरा हो सकता है। इसलिए 'फस्ट एड' का ज्ञान रखने वाले व्यक्तियों को भी फ्रैक्कर से छेड़छाड़ नहीं करनी चाहिए। यहां हम फिर चेतावनी देना चाहेंगे कि पहलवानों या मालिश करने वालों के हाथ में कभी ऐसा केस नहीं देना चाहिए क्योंकि फ्रैक्चर ठीक करने के लिए शरीर की बनावट और हड्डियों की स्थिति का ज्ञान होना बहुत जरूरी है जो कि डाक्टर को ही

होता है। मालिश करने वाले पहलवान इस ज्ञान से शून्य होते हैं। ऐसे उदाहरणों की कभी नहीं है कि जहां मालिश करने वालों ने रोगियों को मुस्तकिल तौर पर अपाहिज बना दिया है। आज के चिकित्सा विज्ञान के नये साधनों ने फ्रैक्चर की चिकित्सा को बहुत उन्नत बना दिया है। मालिश करने वाले लोग अज्ञानी होने के साथ ही साथ साधनहीन भी होते हैं।

फ्रैक्चर के प्रकार—फ्रैक्चर कई प्रकार के होते हैं। साधारण या सिम्पल फ्रैक्चर में शरीर की त्वचा को कोई हानि नहीं पहंचती, केवल भीतर की हड्डी टूटती है।

जब टूटी हड्डी के टुकड़े खाल के साथ चिपक जाते हैं और जख्म बन जाता है तो उसे 'कम्पाउण्ड फ्रैक्चर' कहते हैं। जब टूटी हुई हड्डी शरीर के किसी दूसरे अवयव जैसे—दिमाग, सुषुम्ना नाड़ी, स्नायु, फेफडे, जिगर, तिल्ली, गुर्दे, बड़ी-बड़ी धमनियों आदि को नुकसान पहुंचाए या हड्डी टूटने के साथ ही जोड़ भी उखड़ गया हो तो वह स्थिति 'कम्प्लिकेटेड फ्रैक्चर' होती है।

बच्चों की हड्डियों में ज़्यादातर 'ग्रीन स्टिक फ्रैक्चर' होता है। चूंकि बच्चों की हड्डियां मुलायम होती हैं, इसलिए उनके दो टुकड़े न होकर वे किसी हरी डण्डी की तरह मुड़ जाती हैं और वहां से एकाध पच्चर उभर जाता है।

गर्दन, खोपड़ी और रीढ़ की हड्डी की कशेरुकाओं के फ्रैक्चर आमतौर पर बड़े खतरनाक होते हैं।

खोपड़ी की किसी हड्डी का फ्रैक्चर होने पर जब मस्तिष्क में चोट पहुंचती है तो नाक, कान अथवा आंखों से खुन आ सकता है। अगर रोगी अपने हाथ की अंगुलियां न चला सके तो समझना चाहिए कि उसकी गर्दन की हड्डी टूटी है। यदि वह अपनी टांग न हिला सके तो फ्रेक्चर कमर में होता है। जब रीढ़ की हड्डी के कशेरुकाओं के कांटे टूट जाते हैं तो वहां से निकलने वाले स्नायु कुचले जाते हैं अथवा ये स्नायु कशेरुका और टूटे हुए भाग के मध्य में आकर पिच जाते हैं, और तब उन स्नायुओं से सम्बन्धित क्रियाएं बन्द हो जाती हैं।

हड्डी टूटने (फ्रैक्चर) के कुछ लक्षण तथा चिह्न

(क) उस स्थान पर तथा उसके आसपास के हिस्सों में दर्द।

(ख) उस स्थान पर साधारण दबाव भी सहन नहीं होता।

चित्र—६ (क)
सिम्पल फ्रैक्चर

चित्र—६ (ख)
कम्पाउंड फ्रैक्चर

(ग) उस स्थान पर सूजन आ जाना। सूजन से चोट की गम्भीरता बढ़ी हुई समझनी चाहिए।

(घ) उस हिस्से की शक्ति समाप्त हो जाती है, जिसके कारण रोगी उस भाग को हिला-डुला नहीं सकता।

(ङ) फ्रैक्चर वाले भाग की स्वाभाविक शक्ल बदल जाती हैं। स्थान-भेद से वह कहीं दबा हुआ या उठा हुआ हो सकता है। बिल्कुल त्वचा के नीचे होने पर गढ़े या उभार को हाथ लगाकर भी महसूस किया जा सकता है।

(च) हड्डी के टुकड़ों का रड़कना सुना भी जा सकता है और महसूस भी किया जा सकता है (किन्तु इस चिह्न का पता लगाने की ज़्यादा कोशिश नहीं करनी चाहिए)।

(छ) सामान्य अवस्था के विपरीत टूटे हुए भाग को हिलाया-डुलाया जा सकता है (यह परीक्षा भी डाक्टर को ही करनी चाहिए, अनजान व्यक्ति को नहीं)।

(ज) फ्रेक्चर हुआ भाग शरीर के दूसरे बाजू के उसी भाग से भिन्न और छोटा दिखाई देगा (यह बात विशेष रूप से टांग तथा भुजा के फ्रैक्चर में देखी जाती है)।

प्रारम्भिक चिकित्सा—फ्रक्चर का इलाज कोई आसान काम नहीं होता। इसलिए उसे छेड़ने की कभी कोशिश नहीं करनी चाहिए, सिर्फ इतनी एहतियात काफी होती है कि फ्रैक्चर की हालत और अधिक खराब न हो। कहीं वह साधारण फ्रेक्चर से कम्पाउण्ड फ्रैक्चर न बन जाए, एवं शरीर के किसी महत्त्वपूर्ण अवयव, दिमाग, सुषुम्ना आदि को नुकसान न पहुंचे। हां, अगर रोगी को रक्तस्राव हो रहा तो उसे प्रारम्भिक चिकित्सा द्वारा अवश्य रोक देना चाहिए। यदि रोगी की दशा ज़्यादा खराब मालूम पड़ती हो तो उसे उठाकर अस्पताल भेजना भी खतरनाक हो सकता है। ऐसे अवसरों पर वहीं पर डाक्टर को बुलाने का इन्तजाम करना चाहिए।

अगर रोगी को अस्पताल ले जाना जरूरी हो जाए तो फ्रैक्चर वाले भाग पर बिना 'स्प्लिण्ट' बांधे नहीं ले जाना चाहिए ताकि फ्रैक्चर की दशा और न बिगड़े। यदि 'स्प्लिण्ट' का प्रबन्ध न हो तो सख्त गत्ते की तख्ती, बांस की खपच्ची अथवा मोटे कागज़ की कई लम्बी तह करके उनसे भी 'स्प्लिण्ट'का काम लिया जा सकता है। लेकिन 'स्प्लिण्ट' या और कोई चीज़ सीधे ही फंक्चर वाले भाग पर नहीं बांधनी चाहिए। पहले उसपर रुई, रुअड़ या मुलायम कपड़े की गद्दी रखकर तब 'स्प्लिण्ट' लगानी चाहिए। फिर ऊपर से पट्टी बांध देनी चाहिए। पट्टी कभी भी सख्ती से न बांधे क्योंकि सख्त पट्टी से खुन का संचार रुक जाता है। अगर एक अंग से दूसरे अंग को बांधने की ज़रूरत पड़े (जैसे दोनों टांगों को एकसाथ बांधना हो अथवा बाजू को कमर के साथ बांधना हो) तो भी दोनों के बीच रुई या कपड़े की गद्दीं फिट कर देनी चाहिए। 'स्प्लिण्ट' और पट्टी बांधने के समय

इस बात का विशेष रूप से ध्यान रखें कि चोट वाले हिस्से को जहां का तहां बांध दिया जाए। उस भाग को फैलाना या सिकोड़ना, अथवा ऊंचा-नीचा करना केस को खराब कर देगा।

यदि रोगी की कमर में 'फ्रैक्चर' हो तो उसे उल्टा लिटाकर अस्पताल भेजना चाहिए। गर्दन में फ्रक्चर होने पर सीधा लिटाना चाहिए। उसके सिर को इधर-उधर या आगे-पीछे न करें।

फ्रक्चर की चिकित्सा में डॉक्टर को तीन मुख्य उपचार करने होते हैं। (1) पहले वह एक्स-रे करके फ्रैक्चर की स्थिति समझता है। फिर सरकाकर या खींचकर या आपरेशन द्वारा हड्डियों को अपनी जगह बिठाता है। यह कार्य रोगी को बेहोश करके भी किया जा सकता है। (2) इस प्रकार हड्डी यथास्थान बिठाने के बाद, प्लास्टर, स्प्लिण्ट, चौखटे, तारों और पेचों द्वारा उस अंग विशेष को तब तक उसी हालत में रखा जाता है जब तक हड्डी पूरे तौर पर न जुड़ जाए। (3) जुड़ जाने के बाद उस भाग की पेशियों में पूरी हरकत लाने के लिए उनका उचित व्यायाम, मालिश तथा सिंकाई की जाती है।

अलग-अलग स्थानों की हड्डियां जुड़ने में कुछ सप्ताहों से लेकर कई मास तक ले लेती हैं। जवान आदमी की अपेक्षा एक प्रौढ़ या बूढ़े व्यक्ति की हड्डियां काफी देर से जुड़ पाती हैं। बच्चों की हड्डियां अपेक्षाकृत जल्दी जुड़ जाती हैं।

भिन्न-भिन्न स्थानों पर लगने वाली चोटें

ज़बान (जीभ) की चोट

ऊपर-नीचे के दांतों के मध्य आ जाने पर ही जीभ चुटीली होती है। यह स्थिति गिर पड़ने से भी हो सकती है, लेकिन अधिकांश रूप में मिरगी के दौरों में जबड़ा भिच जाने के कारण ज़बान कुचली जाती है। तब जीभ से खून निकलता है। यह रक्तस्राव खुद ही बन्द हो जाता है। किसी खास इलाज की ज़रूरत नहीं होती। मिरगी के रोगी के होश में आने पर उसे खूब ठण्डे पानी के कुल्ले कराने से जीभ की चोट जल्दी ठीक हो जाती है।

छाती को चोटें

सोडे की बोतल स्टोव फटने से अथवा पत्थर से जब कोई दर्घटना होती है तो कांच या लोहे का कोई नोकदार या धारदार टुकड़ा छाती में आ लगता है। अगर कोई ऐसा टुकड़ा असाधारण जोर से छाती में लगता है तो वहां की जिल्द और पसली को फोड़ता हुआ फेफड़ों तक पहुंच सकता है। जब-तब ऐसी दुर्घटनाओं में आरपार छेद बन जाता है। प्रायः यह स्थिति पिस्तौल या रिवाल्वर की गोली लगने से भी बन जाती है।

ऐसी दुर्घटना से रोगी को काफी सदमा पहुंचता है। वह घबरा जाता है —लेकिन उसे सबसे ज़्यादा कष्टकारक बात यह बनती है कि हर बार श्वास लेने में हवा उस आरपार छेद के भीतर पहुंचती है जिससे उसे सांस लेने में कष्ट होता है और वह श्वासों के लिए संघर्ष करता-सा प्रतीत होता है। थकावट और चिन्ता से रोगी का चेहरा पीला पड़ जाता है। जब उससे बात की जाती है तो वह रुक-रुककर एक-एक शब्द बोल पाता है।

ऐसी हालत में जख्म पर से उखड़े हुए खाल के टुकटे को खींचकर ज़ख्म पर फैला देना चाहिए तथा घाव के चारों ओर थोड़ा बैसलीन या तेल चुपड़ देना चाहिए। इस तरह जब घाव ढक जाता है तब उसपर साफ कपड़े की गद्दी और रुई रखकर पट्टी बांध देनी चाहिए। इतना उपचार कर देने पर थोड़ी ही देर में रोगी की सांस स्वाभाविक दशा में आ जाती है। इससे आगे उसे मुनासिब इलाज के लिए अस्पताल भेज देना चाहिए।

पेट पर लगने वाली चोट

पेट पर अनेक कारणों से चोट पहुंच सकती है-जैसे गाय, भैंस, बैल, घोड़े, गधे की लात लगना, लड़ाई-दंगे में ठोकर या चूंसा लग जना, खेल के मैदान में क्रिकेट या हाकी की गेंद लगना, अथवा अंधेरे में किसी चीज़ का ज़ोर के साथ पेट से टकराना।

बहरहाल, पेट की चोटें गम्भीर हों या हल्की हों, उनका निदान और चिकित्सा स्वयं कभी मत कीजिए। उदर के भीतर प्रायः सभी मार्मिक अवयव होते हैं अतः चोट का गम्भीर रूप से पहुंचना कोई आश्चर्यजनक बात नहीं होती।

इसके निदान में कई बार विशेषज्ञ भी चकरा जाते हैं। अतएव सुरक्षा की दृष्टि से रोगी को जल्द अस्पताल पहुंचा देना चाहिए, क्योंकि आपरेशन की ज़रूरत होती है तो रोगी का एक-एक क्षण कीमती होता है।

जल जाने की दुर्घटना

जलने की दुर्घटनाएं दो प्रकार के माध्यमों से होती हैं :

1. सूखी गर्मी से जलना, 2. गीली गर्मी से जलना।

सूखी गर्मी से मतलब है आग, कोई गरम किया हुआ धातु का टुकड़ा या बर्तन, तेज़ ताकत की बिजली का करेण्ट, आसमानी बिजली अथवा रगड़ की गर्मी, जैसे किसी घूमते हुए पहिये की लपेट में आ जाना, अथवा तेज़ी से सरकते हुए तार या रस्सी से भिड़ जाना, रासायनिक-दाहक द्रव्यों से जल जाना, जैसे तेज़ाब, कास्टिक सोडा, पोटाश तेज, अमोनिया, ताज़ा बुझा हुंआ चूना।

गीली गर्मी का अर्थ बदन के किसी हिस्से पर तेज़ खौलते हुए पानी, चाय, दूध, तेल, घी, स्टीम, तारकोल से जलना।

आग से सावधानी—ऊपर लिखी सभी वस्तुओं से जलना खतरनाक होता है, लेकिन सबसे ज़्यादा खतरनाक बात तब बनती है जबकि शरीर के कपड़े सूखी आग पकड़ लेते हैं। कपड़ों के आग पकड़ने की घटनाएं अक्सर रसोई करते समय महिलाओं के साथ होती हैं। ऐसी हालत में कपड़ों में आग लगते ही अगर सावधानी बरती जाए, और होश-हवाश न खोए जाएं तो दुर्घटना के गम्भीर परिणामों से बचा जा सकता है।

यहां आग भड़कने के कारणों पर विचार कर लेना होगा, आग भड़कने के लिए तीन चीजें ज़रूरी होती हैं :

(1) जलने के लिए इंधन।

(2) जलने के लिए गर्मी।

(3) प्रज्वलित रहने के लिए हवा।

यदि इन तीनों चीजों में से एक भी चीज़ हटा दी जाए तो आग बुझ जाएगी। यह बात भी ध्यान में रखनी चाहिए कि आग बहुत जल्दी फैलती है, साथ ही बड़े-बड़े अग्निकांड भी आग की छोटी दुर्घटनाओं से ही होते हैं। बीड़ी-सिगरेट की

आग से असावधानी के कारण पूरे मकान जल जाते हैं। अतएव आग जब छोटे रूप में हो उसे तभी बुझा देना चाहिए, ताकि वह फैलने न पाए। आग एक स्थान से दूसरे स्थान पर गर्मी के द्वारा पहुंचती है। एक से दूसरी वस्तु में आग लगने का यही कारण होता है।

जब किसी महिला के कपड़े आग पकड़ लेते हैं तो वह घबराकर इधर-उधर भागने लगती है; ऐसी दशा में तीनों चीजें एक साथ मिल जाती हैं। कपड़े के रूप में जलने के लिए इँधन मिल जाता है; रसोईघर आग के कारण वैसे ही गरम होता है; इधर-उधर भागने से खूब हवा लगती है और आग पूरे शरीर को घेर लेती है। वस्तुतः ऐसी दशा में कभी भी दौड़ना-भागना नहीं चाहिए वरन् उसी वक्त फर्श पर लेटकर करवटों से लुढ़कना चाहिए, ताकि दबकर आग की लपटें जहां की तहां बुझ जाएं। साथ ही सामने जो कोई भी वस्तु पड़े जैसे चटाई, कम्बल, बोरी, टाट, दरी, रजाई आदि उसे अपने ऊपर लपेट लेना चाहिए। इससे बदन को हवा नहीं लगेगी और आग बुझ जाएगी।

अगर आप खुद दुर्घटना के शिकार नहीं हैं वरन् आपके सामने ही किसीके कपड़ों में आग लग गई है तो आपको चाहिए कि तुरन्त ही कम्बल, दरी, टेबल क्लाथ या चादर वगैरा जो चीज़ भी हाथ लगे उठाकर उसके ऊपर डाल दें।

दुर्घटना में व्यक्ति चाहे सूखी गर्मी से जला हो अथवा गीली से दोनों का प्रभाव लगभग एक-सा ही होता है। मामूली असर होने पर तो सिर्फ ऊपर की जिल्द लाल होकर रह जाती है। इससे आगे छाले पड़ जाते हैं। किन्तु यदि आग गहरी पैठी होती है तो त्वचा झुलसकर गहरे लाल जख्म बन जाते हैं। और अधिक गम्भीर दुर्घटना में आग खाल और गोश्त को जलाकर नीचे हड्डी तक पहुंच जाती है। बहरहाल, दुर्घटना चाहे जिस दर्जे की हो, थोड़ा जलने पर भी रोगी को बेहद दर्द महसूस होता है

आग से जले रोगी की एहतियात में सबसे पहले सदमे की तरफ ध्यान देना चाहिए। वस्तुतः जलना काफी खतरनाक दुर्घटना होती है। "मैं जल गया हूँ", यह ख्याल उसे भारी मानसिक आघात पहुंचाता है। शारीरिक रूप से सदमे का मुख्य कारण खून जल जाना होता है। दूसरे प्रकार की दुर्घटनाओं में खून अधिक निकल जाने पर सदमे की स्थिति पैदा हो जाती है। रक्तस्राव या रक्तनाश जितना

ज़्यादा होता है सदमा भी उतना ही गम्भीर होता है। रक्त का दबाव कम होने की दशा में भी सदमे की हालत बन जाती है।

सदमे के लक्षण होते हैं बेहोशी, चेहरे का पीलापन, नाड़ी की गति कमजोर होना, पसीना आना (खासतौर से माथे पर), हाथ-पैरों का ठण्डा होना, सिर चकराना, जी मिचलाना, कै होना। सदमा जब गहरा होता है तो रोगी की मृत्यु हो जाती है।

सदमे का प्रभाव दूर करने के लिए रोगी को दिलासा देना चाहिए। अगर उसके कपड़ों की आग बुझ गई है तो रोगी को चित लिटा दीजिए। गर्दन, छाती और कमर के कपड़े ढीले कर दीजिए। उसे किसी कम्बल या चादर से ढक दीजिए। अगर रोगी पानी मांगे तो उसे घूंट-घूंट करके ताजा पानी पिलाएं।

सदमे के बाद दूसरा खतरा ज़ख्म जहरीले (सेप्टिक) हो जाने का होता है। जब रोगी के ज़ख्म गहरे होते हैं तो ज़ख्म के आसपास का गोश्त निर्जीव होकर और जल्दी सड़ता है। फिर यह सम्भावना बन जाती है कि ज़हर सारे शरीर में फैल जाए। जख्म में बाहर से भी ज़हरीले तत्त्व और कीटाण प्रवेश पाकर उसे सड़ा सकते हैं। इसलिए जल्दी से जल्दी ज़ख्मों के इलाज का उचित प्रबन्ध डाक्टर द्वारा कराना चाहिए।

दुर्घटनाग्रस्त रोगी की अच्छी-बुरी हालत इस बात पर निर्भर करती है कि उसके शरीर के कितने भाग पर आग का प्रभाव हुआ है। एक जगह पर भले ही काफी गहरा ज़ख्म बन गया हो और वह रोगी के लिए खतरनाक साबित न हो, लेकिन आग का हल्का असर ही शरीर के बहत बड़े भाग पर पड़ गया हो तो रोगी मर भी सकता है। इसके अतिरिक्त यदि कहीं आग बड़े पैमाने पर लगी है, और रोगी वहां कुछ देर फंसा रहता है तो धुआं उसके लिए दमघोट साबित हो सकता है। इस स्थिति को अच्छी तरह समझ लेना चाहिए। अगर रोगी को ठीक श्वास न आ रहा हो, दम घुटता-सा दिखाई दे तो कृत्रिम श्वास-प्रश्वास क्रिया करे (कृत्रिम श्वास-प्रश्वास क्रिया का वर्णन पृष्ठ 113 पर देखें)।

प्रारम्भिक इलाज—अगर दुर्घटना साधारण है और आग का असर सिर्फ छोटे-मोटे हिस्से पर हुआ है और मामूली हुआ है, जैसे वहां सिर्फ सुर्खी ही आई

है या एक-दो छाले पड़ गए हैं तो कोई विशेष चिन्ता की बात नहीं होती। सुर्खी की हालत में सिर्फ उस भाग पर पाउडर मल दें, या सफेद वैसलीन लगा दें अथवा नारियल का तेल चुपड़ दें। प्रायः रोगी इतने उपचार से ही ठीक हो जाता है। छालों की दशा में छोटी कैंची को तेज़ गरम पानी से साफ करके छाले काटकर, उनपर सादा वैसलीन या शान्ति मरहम लगाकर पट्टी बांध देनी चाहिए। लेकिन इस उपचार से एक-दो दिन में ज़ख्म की हालत सुधरती न दिखाई दे तो, डाक्टर को दिखाना चाहिए।

परन्तु अगर ज़ख्म गहरे हैं, बड़े-बड़े छाले उठ आए हैं, रोगी अधिक कष्ट पा रहा है तो ऐसी हालत में हम पाठकों को फिर आगाह करना चाहेंगे, कि कभी टोने-टोटकों के नुस्खे न इस्तेमाल करें और रोगी को जल्द से जल्द अस्पताल पहुंचायें अथवा डाक्टर को दिखाएं।

यदि रोगी अधिक जल गया हो तो उसके शरीर के कपड़ों को भी उतारने का प्रयत्न नहीं करना चाहिए, क्योंकि प्रायः नीचे के कपड़े ज़ख्मों के साथ चिपक जाते हैं; तब उन्हें छटाने की कोशिश में ज़ख्मों की खाल उचटती है जिससे रोगी को बहुत कष्ट होता है। यह काम डाक्टर ही अच्छी तरह कर सकता है। डाक्टर के आने या उसके पास पहुंचने तक रोगी को अच्छी तरह कम्बलों से ढककर गरम रखना अच्छा होता है।

में कई इलाकों में ऐसा अन्धविश्वास पाया जाता है कि जले हुए रोगी को पानी नहीं पिलाना चाहिए, जले हुए ज़ख्मों पर पानी नहीं लगाना चाहिए; परन्तु ऐसी धारणाएं अवैज्ञानिक हैं।

प्राकृतिक चिकित्सा का दृष्टिकोण

प्राकृतिक चिकित्सक जले हुए का इलाज सिर्फ ठण्डे पानी से करते हैं। शरीर का कोई भाग जल जाने पर वे उसपर ठण्डा पानी डालना आरम्भ कर देते हैं अथवा सम्भव होता है तो उस अंग को ठण्डे पानी में डुबो देते हैं या फिर मोटे मुलायम कपड़े की मोटी गद्दी ठण्डे पानी में तर करके जले हुए भाग पर रख देते हैं, और गद्दी को बराबर पानी से तर रखते हैं। यह चिकित्सा चल्हे में रोटी फलने के सिद्धान्त पर की जाती है। जलने पर छाले भी इस सिद्धान्त के अनुसार पड़ते हैं। अर्थात् आग की गर्मी से शरीर का जलीय अंश उबलकर छाला

बन जाता है। अतएव जब उसपर निरन्तर ठण्डा पानी डाला जाता है या उस अंग को पानी में डुबो दिया जाता है तो वहां जलने के अतिरिक्त गर्मी शान्त हो जाती है और छाला पड़ने की नौबत नहीं आती। कई बार स्त्रियां रोटी पकाते वक्त हाथ जल जाने पर गीला आटा लगा, देती हैं और यह देखा जाता है कि इस उपचार से छाला नहीं पड़ता, तकलीफ ठीक हो जाती है।

लेकिन यह जल चिकित्सा तभी सफल रहती है जबकि जलते ही तुरन्त प्रारम्भ कर दी जाए, छाला उठ आने के बाद इसका कोई महत्त्व नहीं रहता।

पानी में डूबना

कुआं, नदी, तालाब में अक्सर लोगों के डूब जाने की घटनाएं होती हैं। डूबने पर अधिकतर श्वास-प्रश्वास रुक जाने के कारण दम घुटकर व्यक्ति की मृत्यु होती है। इसके अलावा पानी में शरीर की स्वाभाविक गर्मी भी कम हो जाती है। डब जाने का भय और सदमा भी कई बार रोगी की मृत्यु के कारण होते हैं। अगर डबने वाला व्यक्ति जल्दी ही पानी से निकाल लिया गया है, तो सबसे पहले कृत्रिम श्वास-प्रश्वास क्रिया द्वारा उसका श्वास चालू करना ज़रूरी होता है। एक बार यदि डूबने वाले व्यक्ति में जीवन के कुछ भी लक्षण न मिलते हों तो भी कृत्रिम श्वास-प्रश्वास क्रिया द्वारा श्वास चालू करने का प्रयत्न अवश्य करना चाहिए। कई बार निराश हालतों में भी यह क्रिया जीवनदायिनी होती है।

डूबने वाले व्यक्ति के लिए निम्नलिखित व्यवस्था फौरन करनी चाहिए।

तुरन्त किसी आदमी को डाक्टर बुलाने के लिए भेज देना चाहिए। कृत्रिम श्वास-प्रश्वास क्रिया का प्रयोग, रोगी के पानी से निकलते ही तुरन्त शुरू कर देना चाहिए। रोगी को ऐसे स्थान पर लिटाना चाहिए जहां खूब हवा हो; अगर रोगी का श्वास-प्रश्वास चाल करने में सफलता मिल जाए तो फिर उसके शरीर में गर्मी लानी चाहिए। इसके पश्चात् उसके रक्त-संचार को तेज़ करें।

कृत्रिम श्वास-प्रश्वास की विभिन्न विधियां

शेफर की विधि—रोगी को पेट के बल (उल्टा) लिटाइए, (अगर उसके पेट, छाती या गले के कपड़े सख्त हों तो उन्हें ढीला कर देना चाहिए)। अब रोगी

का सिर घुमाकर एक ओर कर दीजिए—(अगर ज़मीन पथरीली या धूलभरी हो तो रोगी की एक बांह कोहनी पर से मोड़कर उसपर उसका सिर घुमाकर रखें) ताकि नाक और मुंह जमीन से मिलकर बन्द न हों। अगर मंह में झाग या बलगम हो तो अंगुली पर रूमाल लपेटकर उसे साफ कर देना चाहिए।

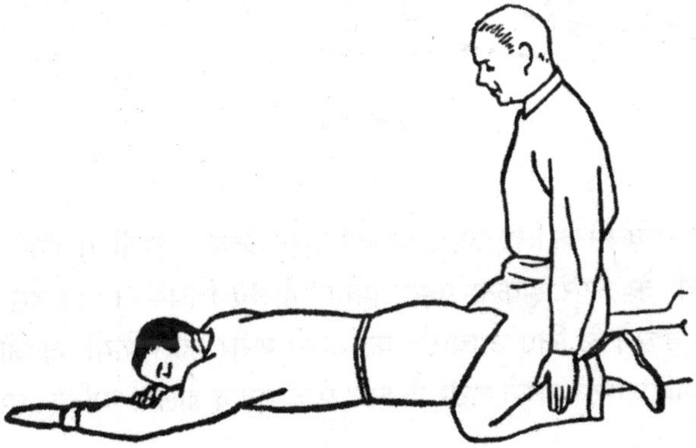

चित्र—१०

अब उपचारक को रोगी के ऊपर—उसकी दोनों जांघों को अपने घुटनों के बीच लेकर अपने घुटनों और पंजों पर बैठना चाहिए (देखिए चित्र—10)।

इसके पश्चात् उपचारक को अपने दोनों हाथों की हथेलियां रोगी की कमर पर टेककर कमर को दबाना चाहिए। हथेलियां इस तरह टेकी जाएं कि अंगूठा फैलकर आखिरी पसली को छूता रहे। हथेलियां न बहुत बाहर रहें न भीतर की ओर। रीढ़ की हड्डी से उनका फासला दो-तीन इंच का होना चाहिए। दबाव डालते समय उपचारक की भुजाएं बिलकूल सीधी रहनी चाहिए, वे कुहनी पर से मुड़ने न पाएं। कन्धों से लगाकर हथेली तक पूरी भुजा एक सीध

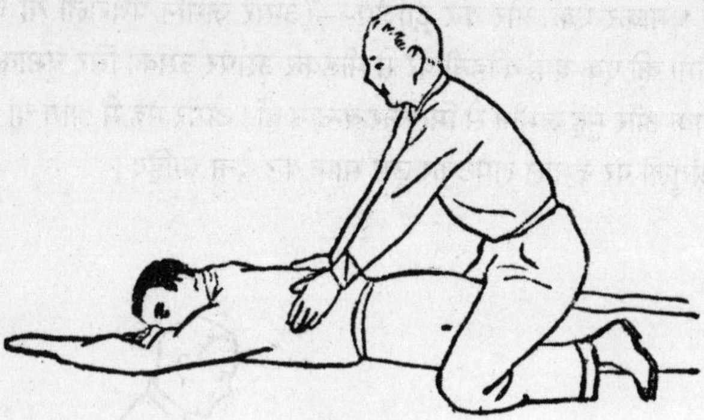

चित्र—११

में रहे। ऐसा करने के लिए उपचारक को ऊपर उठकर अपनी भुजाओं के बल थोड़ा रोगी के ऊपर झुकना पड़ता होगा (देखिए चित्र—11)। इस हालत में दबाव डालने के लिए उपचारक को अपने शरीर की पेशियों का जोर नहीं लगाना चाहिए वरन् अपने शरीर के भार से ही दबाव डालना चाहिए। इस तरह

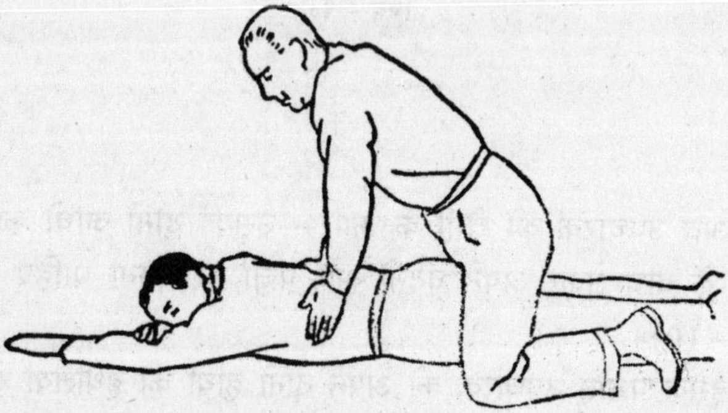

चित्र—१२

दवाव पड़ने से रोगी के पेट की पेशियां (खासतौर पर महाप्राचीरा) दबती हैं जिसके जरिए फेफड़ों की श्वास-नलिकाओं से हवा बाहर निकलेगी। उपचारक

को यह भी ध्यान रखना होगा कि दबाव रोगी की शक्ति से अधिक न पड़ने पाए। इस दबाव को तीन से पांच सेकण्ड तक रखना चाहिए।

अब हाथ ढीले करके दबाव को हटाइए (देखिए चित्र—12) लेकिन यह भी ध्यान रहे कि हाथ कमर पर से नहीं हटेंगे ; सिर्फ थोड़ा पीछे की ओर झुककर रोगी के शरीर पर से अपना भार हटा लेना चाहिए। (देखिए चित्र—13)।

चित्र—१३

इस तरह दबाव हटने से बाहर से हवा फेफड़ों के भीतर खिचेगी। हटे दबाव की हालत में दो-तीन सेकण्ड तक रहना चाहिए और दबाव डालना चाहिए। इस प्रकार दबाव डालने और हटाने की क्रिया एक मिनट में दसबारह बार की रफ्तार से करनी चाहिए।

कृत्रिम श्वास-प्रश्वास की यह क्रिया तब तक चालू रखनी चाहिए जब तक रोगी को स्वाभाविक ढंग पर श्वास चालू न हो जाए। लगभग एक घण्टे तक इस क्रिया को अवश्य चालू रखें। यूं दो-दो घण्टे यह उपचार करने के बाद भी श्वास-प्रश्वास चालू होते देखा गया है। बहरहाल, डाक्टर के आने तक तो यह प्रयत्न ज़रूर जारी रखना चाहिए।

श्वास स्वाभाविक रूप से चलने के पश्चात रोगी को कोई गरम पेय जैसे—चाय, कॉफी या गरम पानी में थोड़ी ब्राण्डी डालकर पिलानी चाहिए। किसी भी दशा में रोगी को अभी बैठने या खड़े होने की इजाज़त नहीं देनी चाहिए। अपितु उसे कम्बल या रज़ाई ओढ़ाकर धीरे-धीरे उसके हाथ-पैर और बदन मलना और सहलाना चाहिए। इस क्रिया से रक्त-संचार को उत्तेजना मिलती है।

अगर रोगी के शरीर में गर्मी की कमी मालूम पड़ती हो तो उसके पास आग रखनी चाहिए अथवा रबड़ की बोतलों में गरम पानी भरकर उसकी छाती, पेट और बगलों में गर्मी पहुंचानी चाहिए। इसके साथ ही यह प्रयत्न करना चाहिए कि रोगी को नीद आ जाए। स्वाभाविक श्वास-प्रश्वास चालू हो जाने के बाद रोगी के श्वास की तरफ से बेफिक्र भी नहीं हो जाना चाहिए ; अपितु उसके श्वास पर

निगाह रखनी चाहिए। कई बार श्वास-प्रश्वास दुबारा रुकने लगता है। यदि श्वास रुकता दिखाई दे तो कृत्रिम श्वास-प्रश्वास क्रिया पुनः चालू कर देनी चाहिए। 'शेफर' की यह कृत्रिम श्वास-प्रश्वास विधि वयस्क लोगों के लिए सर्वोत्तम मानी गई है।

बच्चों के लिए हागर नेल्सन विधि—पांच साल से ज़्यादा आयु वाले बच्चों के केस में कृत्रिम श्वास-प्रश्वास के लिए यह विधि अपनाई जाती है। इस विधि के अनुसार बच्चे को भी वयस्क व्यक्ति की तरह उल्टा लिटाना चाहिए; तथा दोनों हाथों की अगुलियों के पोरुओं से कन्धों के फलकों पर दबाव डॉलना और हटाना चाहिए (देखो चित्र—14)। दबाब डालने और हटाने की क्रिया एक मिनट में प्रायः बारह बार करनी चाहिए।

चित्र—१४

अगर बच्चे की आयु पांच बर्ष से कम हो तो उसके हाथ बगलों के साथ फैला देने चाहिए, और उसके माथे के नीचे कोई गुदगुदी-सी चीज़ रख देनी चाहिए। फिर अंगुलियां कन्धों के नोचे लगाकर अंगूठे कन्धों के ऊपर रखने चाहिए; और अंगूठों से कन्धों के फलक दबाने चाहिए (ताकि श्वास बाहर निकले)। दबाव दो सेकण्ड तक डालें। फिर दो सेकण्ड के लिए नीचे लगी अंगुलियों से कन्धों को ऊपर उठाएं (ताकि श्वास भीतर खिंचे)—इन दोनों क्रियाओं को एक मिनट में लगभग पन्द्रह बार करें (देखिए चित्र—15 क, ख)। डूबने वाले व्यक्ति के पेट और फेफड़ों में पानी भर जाने की भी सम्भावना रहती है। वयस्क रोगी के ऊपर जव शेफर की कृत्रिम श्वास-प्रश्वास विधि चलू की जाती है तो

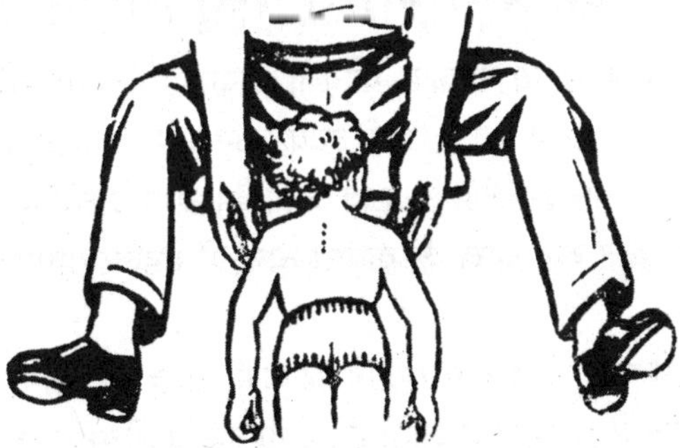

चित्र—१५ (क)

स्वाभाविक रूप से रोगी की ज़बान मुंह के बाहर की ओर रहती है। इस विधी

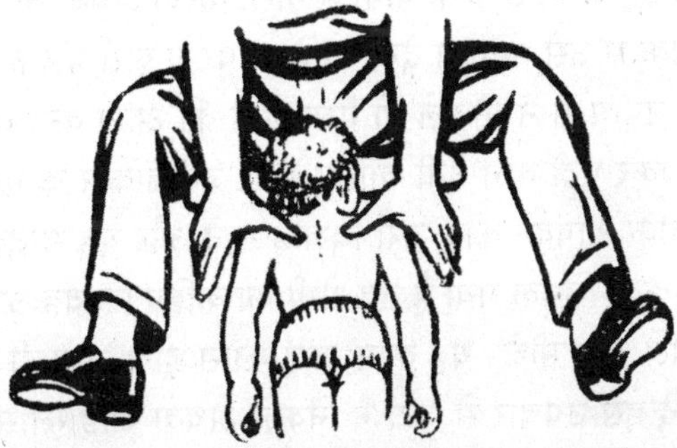

चित्र—१५ (ख)

से आमाशय और फेफड़ों पर जो दबाव पड़ता है उसके जरिये भीतर का पानी खुद बाहर आ जाता है।

काफी समय तक भी अगर कृत्रिम श्वास-प्रश्वास विधि से श्वास चाल होता न दिखाई दे तो, रोगी के नथनों को उत्तेजित करना चाहिए। इसके लिए उसे कोई नस्य (हलास) सुघाएं या चूना, नौसादर मिलाकर (अमोनिया) सुधाएं। साथ ही छाती और चेहरे को एक के बाद एक तेज़ी से रगड़ें। इस हालत में गरम फिर ठण्डा, फिर गरम पानी पीठ और छाती पर डालना भी साहयक होता है।

आंख में बाहरी वस्तु गिरना

प्रायः आंखों में रेत के कण, कोयला, लकड़ी, मिट्टी या लोहे के ज़र्रे गिर जाते हैं। यदाकदा पलक का बाल भी टूटकर आंख में पड़ जाता है। इन हालतों में काफी बेचैनी और तकलीफ पेदा हो जाती है। अगर जल्दी ही ज़र्रा आंख से न निकले तो बहुत बार आंख की कोमल त्वचा में गड़कर आंख पर सूजन आ जाती है।

आंख में कोई भी ज़र्रा गिर जाने पर कभी आंख को मलना नहीं चाहिए। मलने से आंख में खराश पड़ जाती है। रोगी को किसी स्टूल, कुर्सी या किसी ऊंचे स्थान पर बिठाना चाहिए। फिर नीचे का पलक नीचे की ओर हो खींचकर देखिए अगर कोई बारीक ज़र्रा दिखाई दे और आंख में खड़ा हुआ न मालूम पड़े, तो साफ रूमाल के एक कोने को एंठेकर तथा साफ पानी में भिगोकर अथवा साफ रुई की मोटी बत्ती पानी में गीली करके अथवा ब्लाटिंग पेपर के टुकड़े की नोक से उसे निकाल देना चाहिए। परन्तु ज़र्रा पलक में गड़ा हुआ हो और इस उपाय से न निकले तो फिर रोगी की आंख बन्द कराके उसपर थोड़ी रुई रखकर पट्टी बांध देनी चाहिए, और उसे डाक्टर के पास भेज देना चाहिए। जबकि आपको कोई ज़र्रा दिखाई न दे और यह सन्देह हो कि वह ऊपर के पलक में चिपक गया है तब रोगी को कहिए कि वह आंख को पानी के भीतर खोले और मीचे। यह काम आई ग्लास द्वारा आसानी से सम्पादित होता है। यदि इस उपचार से जर्रा न निकले अथवा आई ग्लास की सुविधा न हो तो रोगी को लिटाकर अंगूठे और अंगुली से उसकी पलकें चौड़ी करके रुई के फाहे से साफ पानी डालकर आंख को धो दीजिए, या ऐसा कीजिए कि ऊपर की पलक को थोड़ा ऊपर उठाकर नीचे की पलक के बाल ऊपर की पलक के नीचे करके छोड़ दीजिए; ये बाल आंख के भीतर झाड़ू-सी लगा देंगे और जर्रा निकल आएगा। इस क्रिया को कई बार दोहराया भी जा सकता है। परन्तु जब यह उपाय कारगर न हो तो फिर रोगी को डाक्टर के पास ही भेज देना चाहिए।

अगर किसी वजह से डाक्टरी सहायता फौरन न मिल सकती हो तो रोगी को रोशनी की तरफ मुंह करके किसी ऊंची जगह बिठाइए, फिर खुद उसके पीछे

खड़े हो जाइए। उसका मुंह ऊपर उठाकर अपनी छाती से टिका लीजिए। एक दियासलाई की तीली लेकर उसे लम्बाई में ऊपर के पलक की ज़ड़ में लगाइए और आगे से पलक को पकड़कर दियासलाई की तीली पर उलट दीजिए; रोगी से नीचे की ओर देखने के लिए कहिए; (जैसा कि चित्र—16) में दिखाया गया है) फिर जैसा हम उपर बता चुके हैं, रुमाल के कोने, रुई की बत्ती अथवा ब्लाटिंग पेपर की नोक से ज़र्रे को निकाल दीजिए।

जब कोई दाहक चीज़, जैसे क्षार (खार) या तेजाब आंख में पड़ जाने का सन्देह हो तो रोगी की आंख को पानी के अन्दर बार-बार खुलवाना-

चित्र—१६

मिचवाना चाहिए, इससे तेज़ाब या खार धुलकर हल्का पड़ जाता है। फिर आंख में साफ वैसलीन आंजकर या एक बूंद कास्ट्रैल डालकर ऊपर से रुई

रखकर पट्टी बांध देनी चाहिए और एहतियातन रोगी को डाक्टर को दिखा देना चाहिए।

पट्टी बांधना

किसी भी चोट खाए भाग पर पट्टी इसलिए बांधी जाती है कि—

(क) अगर वहां तख्तियां (स्प्लिण्ट) लगाई गई हैं तो वे यथास्थान रहें।

(ख) अगर ज़ख्म का ड्रैसिंग किया गया है तो रुई और कपड़ा अपनी जगह से न हट सके और जख्म बाहरी धूल-गर्द से सुरक्षित बना रहे।

(ग) चोट खाया हुआ भाग हिलडुल न सके।

(घ) चुटीले भाग की पेशियों और रक्तवाहिनियों को सहारा मिले।

(ङ) ज़ख्म से बहता हुआ खून रुक सके। सूजन न बढ़े तथा मौजूदा सूजन घट सके।

(च) रोगी को एक स्थान से दूसरे स्थान पर ले जाने में आसानी हो।

साधारण रूप से पट्टियां दो तरह की होती हैं :

1. लपेटी जाने वाली पट्टियां, 2. किसी अंग को लटकाने वाली पट्टियां।

1. लपेटी जाने वाली पिट्टियां—ये पट्टियां साफ बारीक और कुछ छीदे बने हुए कपड़े की होनी चाहिए। बाज़ार में कैमिस्टों के यहां ये पट्टियां बनी-बनाई मिलती हैं। लेकिन किसी दुर्घटना के समय वहां पट्टी मौजूद रहना ज़रूरी नहीं होता; अलबत्ता अगर उनके मिलने का स्थान समीप हो तो फौरन बनी-बनाई पट्टियां मंगा लेनी चाहिए, अन्यथा उनके स्थान पर घर की किसी साफ धुली हुई (भले ही पुरानी हो) धोती या सूती साड़ी में से लम्बाई में कपड़ा फाड़कर तुरन्त पट्टी तैयार कर लेनी चाहिए। धोती या साड़ी की किनारी छोड़कर पट्टी हमेशा बीच में से लेनी चाहिए। अगर भुजा या कोहनी पर बांधना हो तो आमतौर पर 23 इंच चौड़ी और लगभग 5 गज़ लम्बी पट्टी लें। टांग के लिए 21 इंच चौड़ी और 8-10 गज लम्बी। अगर इतनी न हो तो पट्टियां जोड़ कर एक बना लेनी चाहिए। जब पट्टी पेट या छाती पर बांधनी हो तो उसकी चौड़ाई 5 इंच और लम्बाई 10 गज़ होनी चाहिए।

यदि दो पट्टी सुईधागे से सीने की सुविधा न हो तो गांठ लगाकर पट्टियां कभी न जोड़ें; बल्कि एक पट्टी जहां खतम हो उसके ऊपर से दूसरी पट्टी चालू करें; उस स्थान पर पट्टी के दो लपेट

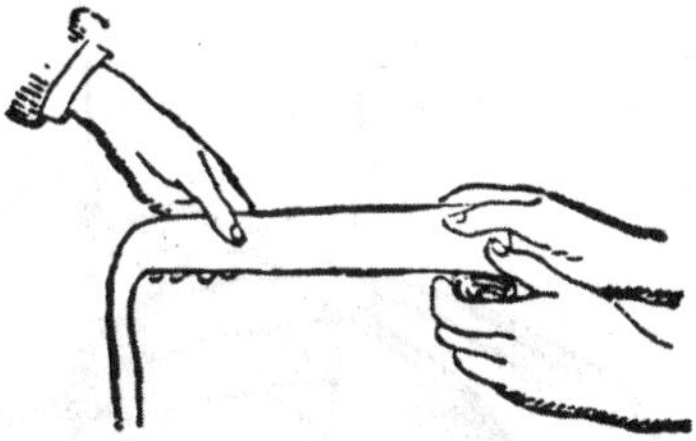

चित्र—१७

डाल दें। चुटीले स्थान पर पट्टी को बांधने से पहले पट्टी की तह कर लेनी चाहिए (जैसाकि चित्र 17 में दिखाया गया है)। इस तरह तह की हुई पट्टी को बांधने में बहुत आसानी रहती है। तह करने के लिए अलबत्ता दूसरे व्यक्ति की ज़रूरत होती है; लेकिन यह जरूरत पट्टी का एक सिरा किसी चीज़ में बांधकर भी कि का रफा की जा सकती है।

लपेटने वाली पट्टी बांधते . समय पहले बाज़ या टांग जिस अंग पर भी पट्टी बांधनी है—उसे सीधा कर लेना चाहिए। लेकिन इस बात का ध्यान रहे कि ऐसा करने में रोगी को तकलीफ न हो। इसके पश्चात् पट्टी बांधने की शुरुआत चित्र में दिखाए अनुसार करनी चाहिए (देखिए चित्र—18)। फिर इसे लपेटते हुए आगे बढ़ना चाहिए ताकि रुग्ण भाग ढकता चला जाए। पट्टी बांधने की शुरुआत उस अंग के एक सिरे से करनी चाहिए। वहां पट्टी को काफी कसके बांधना चाहिए, लेकिन जैसे-जैसे पट्टी आगे चोट की तरफ बढ़ती जाए, लपेट अपेक्षाकृत ढीले देने चाहिए, और अगला लपेट लपेट के लगभग 1/3 भाग को ढककर देना चाहिए। यह हमेशा ध्यान रखे कि

चित्र-18

कोई जगह उघड़ी न रह जाए (देखिए चित्र-19) अन्यथा वहां सूजन बड़कर पट्टी खिसक जाएगी। जब अंग की मोटाई शुरू हो जाए तो लपेट 'कुछ मोड़कर देना चाहिए (जैसा चित्र-19 में दिखाया गया है)।

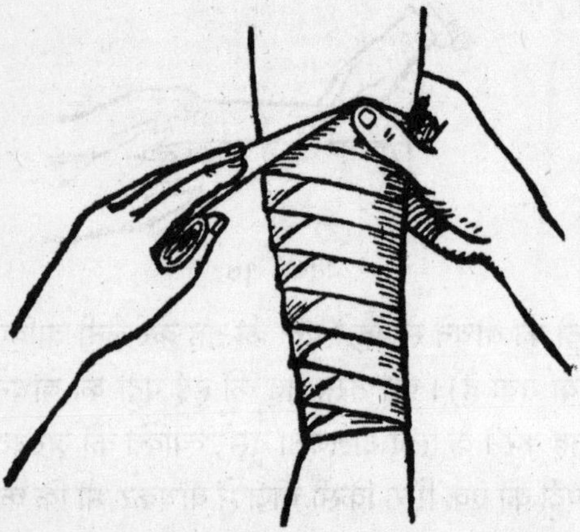

चित्र—१९

जब सिरपर पट्टी बांधनी हो तो पहले बालों में अच्छी तरह कंघी करके उन्हें जमा देना चाहिए ताकि वे एकसार हो जाएं और पट्टी का दबाव कहीं कम और कहीं ज़्यादा न पड़े। (जब पट्टी सिर्फ किसी हिस्से के सहारे के लिए इस्तेमाल की जा रही हो अथवा कहीं सिर्फ जगह को ढकने-भर का काम ही पट्टी से लेना हो तो किसा भी हालत में वहां सख्त लपेट नहीं देने चाहिए वरना उस जगह का रक्त-संचार रुक कर काफी खराबी पैदा कर सकता है। मिसाल के तौर पर हड्डी टूट गई है और वहां आपको पट्टी बांधनी है, तो जब तक पट्टी ढिलाई से नहीं लपेटी जाएगी, वह स्थान सूजकर पट्टी उसमें गड़ने लगेगी। साथ ही यदि वह अग लटकता रहेगा तब सूजन और भी जल्दी बढ़ जाएगी। इसलिए हड्डी टूटने की दशा में अथवा ऐसी ही किसी

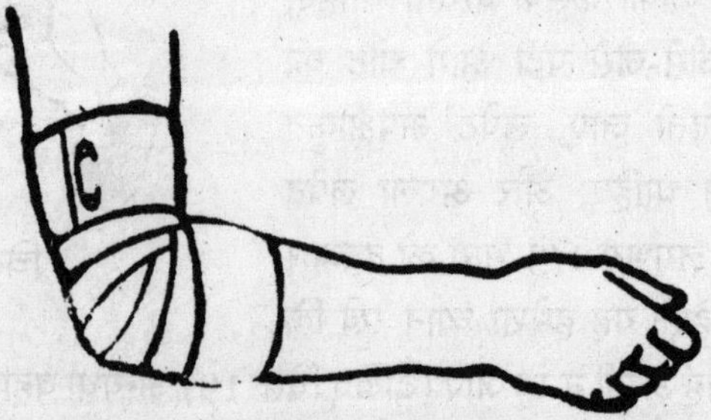

चित्र—२० (क)

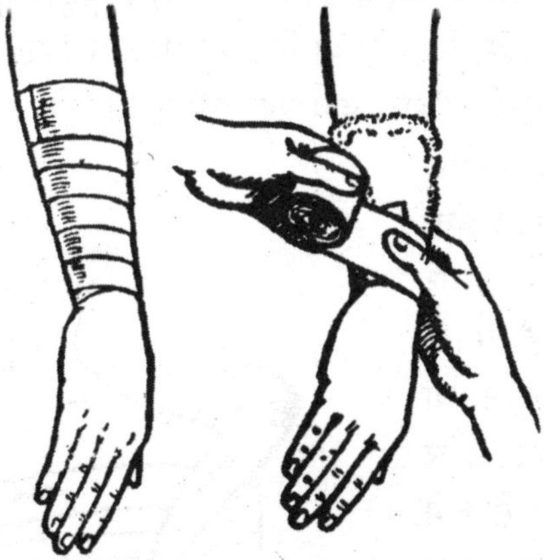

चित्र—२०(ख)

दूसरी गम्भीर चोट में चुटीले स्थान के आसपास पट्टी ढीली ही रखनी चाहिए। बंधी हुई पट्टी सख्त है अथवा उसके रक्त-संचार में कोई बाधा पड़ रही है, इस बात की जांच भी करनी चाहिए। इस जांच के लिए नाखूनों को दबाकर देखिए, यदि वे दबाने पर सफेद ड़प जाते हैं और दबाव हटाते ही फिर शुर्ख

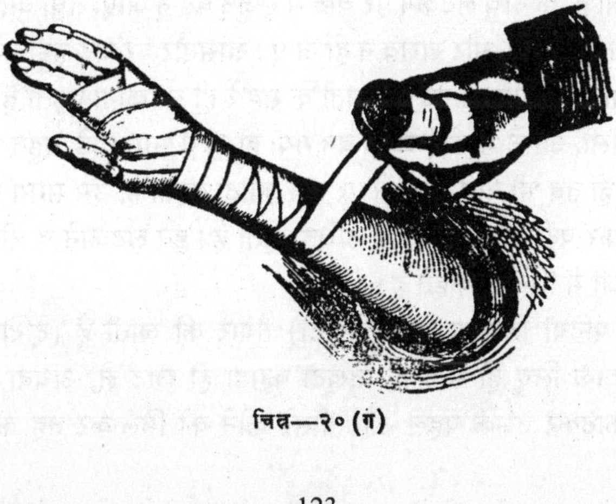

चित्र—२० (ग)

हो हो जाते हैं, लेकिन यदि दबाव हटने पर सुर्खी बहुत धीरे-धीरे वापस आए तो समझना चाहिए कि पट्टी या स्प्लिण्ट सख्त बंध गई है। तब उसे तुरन्त ही ढीला कर देना चाहिए। जब पट्टी लपेटी जा चुके तो उसका सिरा बीच से फाड़कर दोनों सिरों की आपस में गांठें लगा देनी चाहिए। मगर गांठ ऐसी जगह लगानी चाहिए कि लेटने या करवट लेने पर शरीर के किसी भाग में चुभे नहीं। गांठ के स्थान पर सेफ्टीपिन लगाकर भी पट्टी को टिकाया जा सकता है। पट्टी का कपड़ा कभी मोटा नहीं होना चाहिए क्योंकि उसका वजन चोट पर प्रायः सहन नहीं होता।

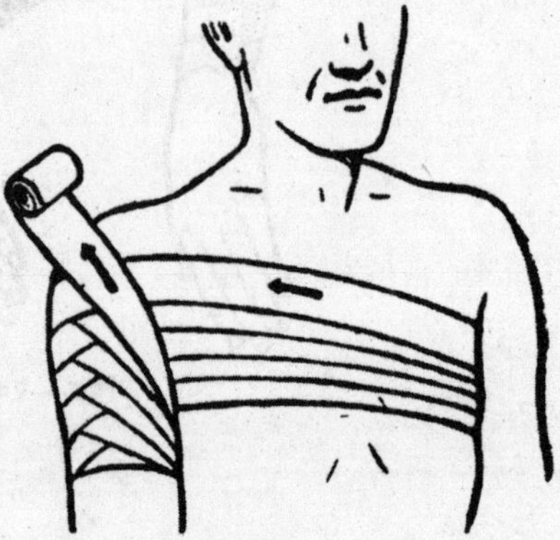

चित्र—२१

लटकाने वाली पट्टियां—ये पट्टियां अधिकांश रूप में बांह में चोट आने पर उसे लटकाने के लिए काम में आती हैं। इन पट्टियों में बांह को इसलिए रखा जाता है कि नीचे लटकने पर चोट में सूजन बढ़ न जाए, तथा बांह इधर-उधर हिलने से चोट और खराब न हो जाए। खासतौर पर जब हड्डी टूट जाती तब तो बांह को मोड़कर पेट या छाती के सहारे ही लटकाना पड़ता है। अगर बांह, हथेली, अंगठे में कोई जख्म बन गया हो या ये भाग थोड़े-बहुत अंशों में कट गए हों तब भी नीचे लटकने पर खून ज़्यादा बहता है, उस समय भी बांह को मोड़कर पट्टी में लटकाना ही उचित रहता है। इन लटकाने वाली पट्टियों की अंग्रेजी में 'स्लिग' कहते हैं।

ये पट्टियां त्रिकोणाकार (तिखुंटी) तैयार की जाती हैं (देखिए चित्र 22)। इनके लिए हो सके तो तिखूंटा कपड़ा ही काट ले, अथवा चोकोर कपड़ा काटकर उसके पहले और तीसरे कोने को मिलाकर तह कर लेनी

चाहिए; इस तरह त्रिकोणाकार पट्टी तैयार हो जाती है। पट्टी जितनी नीची लटकानी हो कपड़ा उस ही अनुमान से काटना चाहिए। बाहर लटकाने वाली पट्टी को फिट बांधने के लिए लम्बाई में पट्टी की एक खंट गले के चारों तरफ डाल दीजिए। (देखो चित्र-23 क)। पट्टी की चौड़ाई वाली नोक अथवा शिखा

चित्र—२२

बगल की तरफ रहनी चाहिए। बांह पेट से सटती हई पट्टी पर हो, फिर लम्बाई वाले दूसरे सिरे को गले वाले सिरे से बांध देना चाहिए। बांह को कोहनी की अपेक्षा कुछ ऊंचा रखना चाहिए। एक बार पट्टी बांधने के बाद बांह के भार

चित्र—२३ (क)

चित्र—२३ (ख)

से प्रायः पट्टी ढीली होकर कुछ नीचे लटक जाती है, यदि ऐसे हो तो गांठ खोलकर उसे कुछ ऊपर कर देना ठीक होता है। गांठ कड़ी लगानी चाहिए ताकि दुबारा ढिलाई न आए : शिखा को मोड़कर पट्टी के साथ पिन से टांक देना चाहिए। अगर पट्टी की चौड़ाई कम करनी हो तो उसकी दो-तीन तह बनाई जा सकता हैं।

○○○